重啟人生的千金小姐正在攻略龍帝陛下 2

永瀬さらさ
Sarasa Nagase

Kadokawa Fantastic Novels

插畫／藤末都也

contents

重啟人生的千金小姐正在攻略龍帝陛下 2

拉維

龍神。
沒有強大魔力的人看不見祂的樣貌。

吉兒·薩威爾

克雷托斯王國薩威爾邊境伯爵的千金。
從十六歲穿越時空回到十歲。

哈迪斯·提歐斯·拉維

拉維帝國的年輕皇帝。
龍神拉維轉世，被稱作「龍帝」。

傑拉爾德・迪亞・克雷托斯

克雷托斯王國的王太子。
在原本的時間線裡，為吉兒的未婚夫

菲莉絲・迪亞・克雷托斯

克雷托斯王國第一王女。
傑拉爾德的妹妹。

艾琳西雅・提歐斯・拉維

拉維帝國的第一皇女。哈迪斯異母的姊
擔任諾以特拉爾領地的龍騎士團團長。

里斯提亞德・提歐斯・拉維

拉維帝國的第二皇子。
哈迪斯異母的哥哥。

卡米拉（本名為卡米羅）

龍妃騎士，弓箭名手。

齊克

龍妃騎士，使用大劍。

～普拉堤大陸的傳說～

這塊土地是愛與大地的女神克雷托斯，以及真理與天空的龍神拉維各自眷顧守
土地。受到女神力量加持的克雷托斯王國，與受到龍神力量加持的拉維帝國之
戰爭了持續多年——

序章

遭劍尖直指脖子的女指揮官，看到年僅十二歲的吉兒出現在戰場上，無法隱藏震驚的表情。

「難道妳就是指揮官嗎？」

「對，您就是艾琳西雅．提歐斯．拉維皇女殿下沒有錯吧？」

「……嗯，沒錯。妳呢？」

「吉兒．薩威爾，我是這支軍隊的指揮官。」

「是薩威爾家的千金啊，我記得妳是傑拉爾德王太子的未婚妻吧？……原來如此，原來是這樣啊。」

敵國的女指揮官彷彿若有所思地閉上眼睛。

似乎沒有抵抗的跡象。但吉兒反倒像受到催促般，繼續說下去。

「我要俘虜您。我們保證不會取您們性命，請勸您的士兵們投降，也不要期待援軍。」

傑拉爾德交代吉兒的作戰非常成功。當艾琳西雅的部隊被引誘出來時，已孤立無援。就算是以勇猛果敢出名的第一皇女所帶領的龍騎士團，一旦遭到對空用魔法陣包圍，也只能單方面挨打而已。若應戰勢必全軍覆沒。

「傑拉爾德王太子殿下吩咐過，不要隨意奪取性命。」

「……這樣啊，我想也是。應該是維賽爾那樣安排的吧。哈哈，真是感激不盡。答應加入那傢伙的計畫，結果——我……」

「敵襲！有敵襲——————！」

在警笛忽然響起的同時，從拉奇亞山脈方向釋出的魔力，以十字狀橫掃過整座山。哀號與怒吼頓時響起。

（部隊被分散了！是哪裡來的攻擊？）

從國境另一頭傳來的龐大魔力，讓人直起雞皮疙瘩。答案由部下的口中喊了出來：

「拉奇亞山頂有深紅色的軍旗！是拉維皇帝的軍隊！」

「是哈迪斯．提歐斯．拉維啊！難道他越過拉奇亞山脈了嗎？」

是傳聞中直屬拉維皇帝的軍隊，一定是來救艾琳西雅的。

「吉兒，就算只帶著艾琳西雅皇女也先撤退吧。我們不是他的對手。」

副官冷靜的判斷，讓吉兒忍不住反駁：

「要不戰而逃嗎？」

「剛剛那一擊，已經讓對空用的魔法陣失去作用。也分散了我們的兵力，無法避免指揮系統混亂……在這個季節會越過拉奇亞山脈進軍過來，是令人無法置信的魯莽行為。我們被澈底反將一軍了，對方一定看穿了我們的計策。」

「怎麼可能？傑拉爾德大人的計策怎麼可能會被看穿？」

「那個曾擊敗傑拉爾德王太子殿下的對手，就是拉維皇帝。我很懷疑他是否瘋了，但應該要當作他的作戰準備是連自己人都騙過來看待比較好。否則**應該沒有**援軍才對。」

儘管試圖露出笑容，不過對於援軍到來感到驚訝不已的艾琳西雅，臉上的表情證實了副官分析得沒錯。副官不禁以銳利的眼神望向拉奇亞山脈。

「擊破諾以特拉爾龍騎士團，並俘虜身為指揮官的皇女。以初次上陣的成果而言已經非常優秀。若在這裡被他們救走皇女，甚至連退路都遭阻斷，實在得不償失。」

「……我知道了。撤退！各自傳令下去！報告要隱密！」

「——哈迪斯居然……前來救我了嗎？」

艾琳西雅喃喃說道，接著笑了出來。吉兒不禁握緊手中的劍。

「很遺憾，我們要把妳從這裡帶走。」

「我拒絕了你的計畫，加入維賽爾的計畫，讓自己醜態百出，你還是來救我——不，不是那樣，你是……這樣啊，你一開始就抱持懷疑了，早已知道事情會變成這樣。」

艾琳西雅搖搖晃晃地站了起來，臉上浮現幾乎要哭出來的笑容。

「真是傻孩子，捨棄我就好了啊！我只是個無法成為敵人或盟友，跟你同父異母又沒用的姊姊而已。」

「請不要動，要是抵抗——唔！」

突然有個衝擊從下方而來，劍遭到彈飛。

（是暗器？）

並非掉以輕心。然而大家可能被這個狀況下還大笑不已的艾琳西雅給壓過了氣勢。部下的弓箭和劍尖，都對準了艾琳西雅。

「皇女殿下，不會讓妳逃走的！齊克！」

「追上去！」

「等等，卡米拉、齊克！」

與吉兒拉開距離的艾琳西雅拿出藏著的短劍，但並沒有將劍尖指向吉兒他們，而是指向了自己的喉嚨。

「妳要做什麼？皇女殿下！」

「至少不要成為你的負擔。因為若我就此被囚禁，你一定會來救我吧！我知道喔，你是個溫柔的孩子。我們是為了保護自己而讓你受到詛咒、與怪物對抗著……我們反而更像一種名為『人類』的受詛咒怪物。」

「卡米拉，射箭！快阻止她！」

副官的命令響起的同時，弓箭射中了艾琳西雅的肩膀與腿部。但皇女仍然笑著咬牙站立。她彷彿將生命握在手中，完全不放下指向自己頸部的短劍。

「對不起啊，我是個沒用的姊姊。」

「……請快住手，皇女殿下！我們並沒有要奪取妳性命的意思！」

「沒成為你的盟友，真是對不起。至少往後，我不會成為你的敵人了，哈迪斯。這就是我竭盡全力對你的謝罪。」

艾琳西雅一邊笑著，一邊以短劍刺穿自己的脖子。散開的銀灰色髮絲染上血跡，黑色眼瞳的神采消逝而去。

吉兒愕然地看著這一幕。

這原本是打算連敵人也不出現無謂犧牲的戰場。應該要在最低限度的犧牲下結束才對。她第一次上戰場的記憶，就是發現原來根本沒有那種事。

沒有追擊過來的哈迪斯，對於他前來救援的異母姊姊戰死，不知道是什麼感受？

（應該很悲傷吧。）

還是他會笑笑，當作什麼都沒發生繼續過下去呢？

她清楚記得，當時自己剛開始留長的頭髮上有一直洗不掉的血腥味，但無法開口詢問他那個問題。問了也沒有答案。

——因為那是發生於距離現在兩年後的事。

對於時間從十六歲回溯到十歲的吉兒而言，那不是發生在過去，而是未來的事。

（若能避免克雷托斯王國和拉維帝國開戰，那個未來可能也會改變嗎？）

她看著拉維帝國的天空，不可思議地想著。為什麼自己會在這裡呢？不但穿越時間，還穿越了國境——

「哦，高麗菜長得真好，居然如此翠綠！今天就用它來料理吧。」

是啊，自己到底在做什麼呢？

「蔬菜果然是剛摘採的新鮮，之前有播種真是太好了。如果能繼續維持好天氣，就能長得更大了。真是期待——嗚哇！」

她實在忍不下去，往丈夫的背後踹了下去。

「為什麼！陛下怎麼還悠哉地種高麗菜啊？」

「妳問為什麼，不就是因為無法進入帝都嗎？」

哈迪斯為了保護高麗菜，臉都埋進田地裡，但他沒動怒，而是回頭答道。

哈迪斯．提歐斯．拉維——這人物原本是敵國的皇帝，也是最大的敵人。

因為一些原因成為吉兒的丈夫，正圍著圍裙、戴著工作手套在田裡務農。不過，現在也毫無疑問地是拉維帝國的皇帝。

沒錯，他是皇帝。明明是皇帝，卻是這副模樣。

「現在不是種高麗菜的時候吧？」

「放心，我還有種其他蔬菜。草莓也差不多能收成了。」

「我不是在說那個！那些不重要，你多想想現在的事態。」

「再想也沒有辦法啊。今天的晚飯是蔬菜燉肉喔。」

「咦，蔬菜燉肉……」

「我拿到很大塊的鹹豬肉，就切成大塊燉煮吧，會變得非常軟嫩喔！」

「非常軟嫩……」

弱點是食欲的吉兒，腦中浮現蔬菜燉肉中的軟嫩豬肉熱騰騰飄著蒸氣的樣子。哈迪斯很擅長料理，豬肉煮滾時肥美的畫面，肯定美味不已——在吞下口水時，她才突然驚覺——

「我不是要說這個，陛下。」

「馬鈴薯也長得不錯喔，因為這地方在拉維帝國裡算溫暖呢！氣候也接近春天，真是太好了。」

「真是的！陛下有聽我說嗎！我們是被追捕的逃犯耶！而且還無法使用什麼魔力，現在不是悠閒種田的時候——」

「喂～陛下和隊長都在。我們回來了！快看，淡水魚大豐收啊！」

「妳看妳看，吉兒，有這麼大的鳥！是我獵到的喔！」

部下們的聲音從幾乎毀壞的石壁另一頭傳來，哈迪斯笑著站了起來。

「做點加工保存鳥肉吧。魚就趁新鮮，灑點鹽烤熟來吃！」

「喔，不錯呢！哎呀——這裡不但有河川，山裡也有禽獸居住，非常適合狩獵呢！」

看著部下點頭彼此認同，吉兒拳頭顫抖著對他們喊道：

「連齊克和卡米拉都完全沉浸在這裡的生活了嗎？」

被響徹晴空的喊叫聲驚嚇，吉兒飼養的長得像雞的小雞叫了起來。

第一章 慢活假皇帝騷動

吉兒睜大眼睛看著在水上都市貝魯堡，一朵雲也沒有的藍天中盤旋的影子。修長的胴體與巨大的翅膀，配上看起來閃耀光輝又堅硬的綠色鱗片。腳明明差不多有吉兒的身高那麼長，卻沒發出一點聲響，優雅地降落在水上都市貝魯堡的城堡前庭。

「龍……陛下，是龍！為什麼會有龍？」

吉兒看著三頭排成一列的龍感動著，但因為不知道龍降落至此的原因，抬頭看向身旁體型纖瘦修長的丈夫——哈迪斯。

哈迪斯眨了眨美麗的金色眼睛，一副不可思議的模樣。

「為什麼？牠們從帝都來迎接我們啊。我向皇兄說不需要派人來迎接，派飼養給皇族用的龍來接就好。」

「迎接？那、那我們要騎牠們嗎？不是騎馬或搭馬車？」

「啊啊……對耶，克雷托斯的移動方式不會使用龍啊。因為那裡不會誕生龍。」

吉兒對著自言自語的哈迪斯拚命點頭。

這塊普拉堤大陸上，在聖山拉奇亞山脈的東西兩側有兩個大國。

其中一個是吉兒的故國克雷托斯王國。這裡受到愛與大地的女神克雷托斯護祐，由女神的後裔克雷托斯王族治理國家。

另一個是吉兒現在所在的拉維帝國。這裡受到真理與天空的龍神拉維護祐，由龍神後裔拉維皇族治理國家。

「我、我、我第一次這麼近距離看到龍……！」

儘管她曾在戰場上穿過龍所吐出的火焰，毆打龍的頭部擊落牠們，但那個不能算『近距離看到』的經驗吧。

吉兒感動得雙手交握，哈迪斯浮現苦笑。

「妳不會害怕嗎？」

「完全不會！因為能騎龍是我的夢想！甚至想要養一隻！不過龍都討厭魔力……」

「正確地說，牠們討厭的是女神克雷托斯的魔力啊。」

忽地從哈迪斯的肩膀附近冒出頭來的，是一個擁有像蛇一樣的肢體和小小翅膀的不可思議生物，龍神拉維──應該算是生物。

哈迪斯皺起秀麗的眉毛，低聲說道：

「拉維，現在待在我體內吧，有其他人在啊。」

「得現身讓龍看到我才行，不然牠們不會聽話啊，我可是龍神拉維大人耶！」

「龍看得見拉維大人的樣子嗎？」

為了做好前往帝都的準備，人們正來回忙著在龍的背上裝鞍具、將行李搬上去。看來並沒有人注意到這裡，除非魔力夠強大，否則看不到也聽不到龍神拉維的模樣與聲音。

因為吉兒壓低音量詢問，拉維也跟著小聲地回答：

「當然了，因為牠們是龍啊。而且看不到我的只有人類唷！」

「原來是這樣嗎？那麼蘇堤也看得到拉維大人嘍？」

吉兒揹在背上的背包中，放了兩樣東西。

一個是哈迪斯說「把它當成我」這個有點沉重的台詞，同時送給她手縫加工的熊布偶，以及獲得哈迪斯允許後飼養的小雞。前者取名為哈迪斯熊，後者則取名為蘇堤（註：法文，指在平底鍋中翻炒食材的動作）。無論在哪裡，只要周圍的人聽見兩者的名字，都會投以異樣眼光，但吉兒不在意。

蘇堤對吉兒的聲音有反應，於是高高跳起，從背包的縫隙中探出臉叫了一聲。沒想到牠會有反應的拉維笑著回答：

「看得到喔——不要啄我，很痛啊，你這隻小雞！想被哈迪斯炒來吃嗎？」

「啾～！」

「蘇堤，請和熊陛下一起乖乖待著。不過，龍既然討厭女神克雷托斯的魔力，那麼我……」

在愛與大地的女神克雷托斯的庇佑下，克雷托斯出身的人一般或多或少都會帶著魔力出生。在克雷托斯出生，又擁有龐大魔力的吉兒，簡直就是龍會討厭的首選吧。

哈迪斯突然抱起感到不安的吉兒。臉上所有角落都打造得美麗動人的哈迪斯突然靠那麼近，讓吉兒不禁屏息。像這樣被他抱起已經是家常便飯了，但他長長的睫毛、彷彿要將人吸入其中的深金色眼瞳，還有喚著自己名字的薄唇嘴形，這些看多少次都無法習慣。

「放心，妳是我龍帝的妻子，也是已受龍神祝福的龍妃，妳有那枚能當作證明的金戒指，龍也知道。」

「咦？那麼我能騎乘嗎？」

「只要跟哈迪斯一起，應該就會讓妳騎。說牠們討厭魔力的事，也只是通常會有那種傾向，並沒有一定不能騎啦。不過要是沒有龍的允許，牠們就不會保護騎乘的人，這樣在高度提高後也會產生高山病，沒辦法駕馭牠們。」

要一個人騎乘還是有困難啊。雖然感到有些失望，但能騎龍的喜悅還是大於其他事，吉兒抱住哈迪斯的頭。

「我要騎！請陛下載我！快點快點，可以在空中飛呢！」

「我、我知道了，知道了。妳明明靠魔力就能自己在空中飛，怎麼還會那麼興奮？」

「騎著龍飛是另一回事！」

「我知道了。」當哈迪斯再次回答後往前走一步時，從背後傳來了聲音。

「吉兒，都準備好了唷……呃，是龍？難道要利用龍來移動？我沒有騎過耶！」

臉色發青的卡米拉，既然擔任身為龍妃的吉兒的騎士，當然得騎乘龍跟著吉兒。在她身後同為龍妃騎士的齊克也是，原本就長得一臉嚴肅的臉皺得更緊了。

「真的假的……原來如此，高貴的人都是這樣啊，都是騎龍啊……真的假的……」

「沒、沒問題的，龍是很溫柔的生物。」

前來送行的蘇菲亞像在安撫他們似的說道。她是吉兒的家庭教師，同時也代理貝魯侯爵的職責。這次沒有要一起移動，預計等吉兒他們安頓好後，才會將她接往帝都。

「蘇菲亞小姐有騎過龍嗎？」

「……只、只有讓我騎過一下下。」

蘇菲亞有點不好意思地回答，周圍的人都驚訝地睜大眼睛。哈迪斯笑道：

「我就認為蘇菲亞大小姐是容易被龍喜歡的體質，那很厲害呢！」

「因為貝魯侯爵家在幾代前曾有皇女殿下下嫁到家族中，我想是受到了那個血脈的恩惠。因為所有的龍都是拉維皇族的盟友。」

「不過，受不受龍的喜愛還是有個人差異。聽說就算是拉維皇族成員，還是有受到極度討厭的人喔。」

和哈迪斯說說笑笑的蘇菲亞無論怎麼看，都是一位弱不經風的侯爵千金，連她那樣的女性都能騎乘，就沒有人的自尊會允許自己說出覺得害怕不敢騎了吧。看到卡米拉和齊克因為覺悟與苦惱參半，讓表情複雜到臉看起來很奇怪，吉兒只能偷笑。

接著，哈迪斯抱著吉兒的腰將她放上鞍具坐好，吉兒的笑聲因為龍的身體離地浮起轉變為歡呼聲。

「浮起來了，浮起來了，陛下！」

「妳真是初生之犢不畏虎呢……坐好，不要站起來。」

當她探出身體想仔細看看周圍時，腹部被一隻手臂繞住並拉回來。

「不要離開我，妳若是太興奮掉下去就糟了。」

聽見偶爾裝出成熟模樣的哈迪斯那樣說，自己不禁感到害羞而低頭。這麼往下一看，便看到下方前來送行的人們的臉。

揮著手的蘇菲亞、在城門向他們敬禮的近衛兵米哈利等人，以及住了一個月左右貝魯堡的城堡，都愈變愈小了。受海洋圍繞的貝魯堡看起來閃耀著湛藍的光澤。在調頭轉換方向後，便聽到從街上傳來的歡呼聲，以及雪片般的花瓣飛舞而來。在軍港的城牆上，被任命為北方師團隊長的雨果和成員們，很隨意地對他們敬禮。

所有人都來目送從女神的襲擊中守護了貝魯堡的吉兒和哈迪斯。

「陛下，能保護大家真是太好了呢。」

「嗯。」

看著相同景象的哈迪斯只簡短地回答。但那雙瞇細的眼睛，卻溫柔得讓吉兒心裡癢癢的。在哈迪斯肩上的拉維也相當驕傲。大概是感到害臊，祂立刻轉頭看往另一邊。

「接下來才正要開始。走吧，要回我們的帝都，天空都市拉爾魯姆了！」

哈迪斯拉起韁繩，高度立刻就增加了。在吉兒的歡呼聲「呀」的響起之後，是卡米拉和齊克「嘎啊啊啊」的慘叫。

「什麼？還會飛更高嗎？不要啊啊啊啊會死的，不——！」

「不要叫、不要亂動，吵死了——！」

「那個，卡米拉和齊克……」

「放心，龍會聽我的話。而且他們已經綁在鞍具上，就算掉下去，龍也會去接住他們。」

「龍真聰明呢！」

感動不已的吉兒身後傳來「什麼會掉下去？」或「我想昏倒」等等的喊叫，哈迪斯和龍都當作沒聽到。不知道龍是因為飛行順暢還是心情變好，漸漸提高速度與高度，轉眼間就越過山脈與河川了。

「好厲害好厲害，陛下！速度好快，這樣很快就能抵達了吧？」

「那倒是沒辦法。龍並不能飛好幾個小時不休息。從貝魯堡到拉爾魯姆的距離，等於是東西橫貫拉維帝國，就算是習慣飛行的人也要花上兩天。而且還要考慮後面那兩個人的狀況，包含休息時間，應該需要三天吧。」

「能乘坐三天真是太高興了！」

「她這麼說呢，那得來點特別服務才行了？」

似乎是聽懂哈迪斯調皮笑聲背後的意圖，穿過雲層的龍突然一個翻身迴轉。好像作夢一樣。吉兒大聲歡呼，興奮不已。

「好玩嗎？」

「很好玩！而且騎乘龍的陛下非常帥氣！」

近在身邊的哈迪斯，比起她曾經見過的任何一名龍騎士都還熟練地操縱著龍。興奮地將心情直率說出來的吉兒，讓哈迪斯的臉上染上紅暈，移開視線。

「是、是嗎？」

「對！甚至很想一直保持像現在這樣！——啊，不過陛下不能勉強自己喔！」

身為龍神拉維的轉世，被當作容器的哈迪斯，寄宿在其體內的魔力過於強大，導致他的身體相當虛弱。順便一提，心靈也很脆弱。

只要稍有一點事情，就會引發心悸又氣喘吁吁，一不注意就會昏倒。知道這些事的吉兒，像在確認哈迪斯臉色般往上看他。

沒想到就像要將臉埋入她的髮絲般，哈迪斯從背後緊緊抱住她。

「沒事的，看到妳那麼開心，我也覺得很有精神。」

「真、真的嗎？」

「嗯。」

無論是風還是其他事物，明明都該讓人身心舒暢，吉兒卻感到渾身不對勁而扭動身體。加上已經聽不到身後傳來的慘叫聲，他們應該是昏過去了吧。實際上，當為了休息降落到地面上時，齊克和卡米拉兩人都紛紛癱軟在鞍具上。

乘著龍的天空之旅，一路上逗得吉兒開心不已，連著兩天都是安穩的旅程。

「喔~原來妳是七個手足中最中間的孩子啊。」

「對，我上面有兩個姊姊，一個哥哥。下面有一對雙胞胎弟弟和一個妹妹。」

能夠乘坐到夢寐以求的龍當然很高興，不過更讓人高興的，是大量與哈迪斯兩人單獨的對話時光。

雖然在貝魯堡時也有相處的時光，但除了就寢時間外都有其他人在，還有拉維也在。而現在拉維去看顧載著齊克和卡米拉的龍，飛行時會有離開他們的時間。說不定這是拉維為了讓他們兩人獨處的體貼。

「陛下呢？」

可能是身處天空中開放感的環境所致，當吉兒問出口時，才突然回神。

哈迪斯與大多數人相同，和家人的感情並不好——不如說，應該都在爭奪權力。但哈迪斯看起來不在意被問到般，一邊駕著龍一邊答道：

「我現在和妳一樣。上面有一個異母的姊姊、維賽爾皇兄、我，還有一個同年的異母哥哥。另外下面有兩個異母的妹妹、一個異母的弟弟。以前有更多手足就是了。」

「……因為女神的錯，許多手足都過世了吧。」

「對，七個人？或者更多吧。全都因為我的詛咒而死了。」

聽哈迪斯悠悠地說道，吉兒抿起嘴唇。

（大多數都是因為女神找麻煩而死亡的吧——說不定當中也有利用詛咒將責任推給陛下的陰謀呢。）

國家中樞就是那樣的地方。

在女神倒流時間之前，身為克雷托斯王國王太子未婚妻的吉兒，那類的手段已經看到極度厭煩了。只不過，克雷托斯王國的兄妹感情很好，好到讓吉兒落到婚約遭毀約，更因此被栽贓冤罪而判刑處決。

（別再想起這些事了。比起那些，陛下的事比較重要。）

吉兒所知的未來，接下來哈迪斯將會因為叛亂或內亂的發生，一一處決包含異母手足與親哥哥維賽爾在內的拉維皇族。信賴有加的親哥哥與克雷托斯王國串通造成兩國開戰，無數次的背叛累積使他的身心疲憊狀態到達極限，進而成為不人道的殘虐皇帝。

現在他支撐著吉兒的手掌、臂彎與身影，明明如此溫柔又溫暖。

「因為大家討厭我，所以可能也會害妳因此受到刁難——」

「陛下，由我來保護您！」

看到再次振作精神的吉兒，哈迪斯眨了眨眼。

吉兒會向哈迪斯求婚，是為了躲避和傑拉爾德王太子那段已知會走向破局的婚約。然而在人生重來的時候，她決定要讓這個明明很強大卻令人憐憫的男人過得幸福。而且要避免與克雷托斯開戰，這次戀情一定要開花結果。

但是他們之間有十歲與十九歲的年齡差距，以及其實女神克雷托斯盯上哈迪斯，要成為他的新娘就要擊斃女神之類的，形形色色的問題堆積如山。

「我全都會折斷！」

「嗯、嗯?什麼折斷——嗯，說得也是，妳把女神『啪嘰』一聲折斷了啊……」

「請放心交給我！我會繼續折斷的！」

「只、只折斷女神就可以了吧？妳看，像維賽爾皇兄人就很好……雖然不知道他是否會支持妳的事啦……」

哈迪斯現在還不知道親哥哥維賽爾就是最大的背叛者。

所以吉兒笑瞇瞇地說：

「我不會折斷陛下的盟友。」

這話中隱藏了「若是敵人就會折斷」的涵義。

（不過確實，最早向陛下刀刃相向的，並不是陛下的手足——）

「喂，已經快要看到拉爾魯姆了喔！」

聽到從旁邊追上來的拉維那麼說，吉兒專心地凝視正前方。另外，跟在拉維身後的兩頭龍身上，是終於不會再昏過去的齊克與卡米拉，他們各自抓著鞍具。

流入海洋的河流截斷了廣闊的平原，地形接著變成陡峭的坡面。隨著高聳樹木羅列的森林面積逐漸減少，眼前出現的是飄著雲朵的綠色高原。

不知是否因為高度的關係，空氣也不同了。那是曾在克雷托斯王國的王都感受過的靜謐與神聖，彷彿全身都受到神的庇佑。

最後，雲朵有如霧氣般散去，眼前所見的是在天上矗立的都市。

「那就是帝都拉爾魯姆……」

拉維帝國的中樞，這個位於拉維帝國最北端的城市，因為海拔高，空氣有點寒冷。

然而，聳立在藍天之中的帝都，具備著與天空都市這稱呼相襯的威嚴。

將飄著雲朵的高原與都市隔開的城牆，一路綿延至斷崖絕壁處，若不是騎著龍，無法跳過那高度。

在城牆另一頭，從斜上方俯瞰所見的街道既整齊又漂亮。白色步道上有往中央方向延伸的階梯，顏色鮮豔的屋頂與煙囪中升起的幾縷煙霧，城鎮的正中央有一座附有鐘樓的時鐘塔，在鐘樓

後方更高的位置，有一座擁有三座尖塔的石灰白色城堡坐鎮在萬里晴空之下。

「那就是……陛下的城堡嗎？」

「嗯。」

哈迪斯一邊沿著高原的路往城牆方向平行飛去，一邊點頭回應。那聲音聽起來似乎很緊張。

至少現在，那個城鎮和城堡對哈迪斯而言，無法稱為舒適溫暖的家，而是戰場。

吉兒的手從上面緊緊握住哈迪斯操縱著龍的韁繩的手，哈迪斯沒有回話，將自己另一隻手疊在吉兒小巧的手上——在那同時，正面有個東西在發光。

「唔！陛下，城牆上的……不是魔法屏障嗎？」

「吉兒，快閉上嘴！」

克雷托斯的城牆上也有設置相同的魔力裝置，那是為了攻擊敵人用的。

城牆上浮現交織著幾何圖案的透明牆壁，接著幾道筆直的光線發射出去。他們千鈞一髮地躲過魔力凝聚後形成的放射線，在上空盤旋著逃開。

「怎麼了？為什麼會攻擊我們？」

「拉維，把他們兩個和龍帶去安全的地方！攻擊目標是我！」

「為什麼啊？陛下即使不可靠也還是皇帝吧？」

「陛下，讓我去！陛下和齊克他們一起去安全的地方！」

「吉兒！」

哈迪斯的聲音聽起來很慌張，但一直逃也不是辦法。吉兒踢了鞍具，避開射過來的光線，往屏障的方向筆直地飛去。如同哈迪斯所說，目標是他沒錯。更正確地說，是哈迪斯所乘坐的龍。

（為了迎接皇帝而從帝都派遣來的龍。**原來是這麼一回事啊！**）

牠們身上可能做了會判別為敵人的記號，但沒有感受到施術者的氣息。從屏障發射出的光線會自動瞄準哈迪斯乘坐的龍，證據就是，筆直朝屏障飛去的吉兒並沒有受到攻擊。

她拔出腰間掛著的短劍，集中魔力到劍尖並刺入屏障。有刺中了什麼。接著屏障像泡水般軟化崩解開來。

在她鬆了口氣的同時，突然感到背上寒毛直立。在上面。

「吉兒！」

她原想躲開，但慢了一步。打算抵擋攻擊的劍被架開，右手臂傳來一陣灼熱與刺痛感。就在那瞬間，領悟到自己和對手的力量差距——正確地說，是武器的力量和那裡設下的陷阱。

「陛下！不可以，那是封印魔力的武器！」

那把劍順勢準備砍下吉兒的右手臂，哈迪斯手持天劍鑽入兩者之間擋下攻擊，然而那股攻擊的氣勢並未停下，哈迪斯為了護住吉兒抱住她而自己失去了平衡，那一擊便落在他的背上。

「陛下！」

她大喊的同時，與哈迪斯一起摔落在地面上。

他們的身體橫臥著滑過之處，地面凹陷碎裂。在終於停止後，吉兒才睜開眼睛。雖然她承受了衝擊，卻沒有感到任何疼痛或受傷——哈迪斯將吉兒完全抱入懷中護住了她。

「陛下、陛下……！您沒事吧？」

她的右手臂感到疼痛，但似乎沒有流血。吉兒趕緊坐起後，吃驚地屏息。

哈迪斯的背上有一道深深的切口。那傷口可能和吉兒右手臂上的相同，是遭到魔力灼燒切開的，並沒有流血。不過可能在摔到地面時撞到頭部，坐起身的哈迪斯，從額角出現一道血痕。

「陛下，都是為了保護我……」

「不是什麼嚴重的傷……拉維。」

『我知道。』

化身為天劍的龍神拉維，聲音聽起來很僵硬。但更令人吃驚的是，那把天劍逐漸變得透明，吉兒因此慌張起來。

「陛下，拉維大人祂……」

「躲開了嗎？而且居然還能使用魔力。」

一個低沉又沙啞的聲音從上空傳來。

「用這把劍也無法在一瞬間封印住魔力，看來你變得更像怪物了呢。」

俯瞰著摔落地面的哈迪斯與吉兒的，只有一個人。

那個人的年紀應該超過五十歲吧。摻雜著白髮的頭髮與鬍子雖然感覺得出年紀，但端正的姿勢與壯碩的體格仍使他看起來很年輕。

他身上隨風飄動的斗篷，使用的是拉維皇族以外禁用的暗紅色。

「……皇叔。」

哈迪斯單手抱著吉兒，單膝著地喚道。吉兒很快地從記憶的角落挖出那個人的情報。

（是前皇帝的弟弟，格奧爾格．提歐斯．拉維！）

別稱拉迪亞大公。按照吉兒所知的歷史發展，他正是對哈迪斯的統治率先高舉反叛旗的人。大力譴責因為哈迪斯而燒毀的貝魯堡慘狀，並召集因為貝魯侯爵家遭到嚴厲肅清而感到害怕的諸侯，堅決指稱哈迪斯是假皇帝，向他舉兵。

假皇帝騷動──有一天會如此稱呼這場皇帝哈迪斯統治時期最早的內亂。

（但舉兵造反是更久以後的事情，加上現在的陛下又救了貝魯堡！貝魯侯爵家也沒有進行肅清，檯面上完全沒有能夠譴責陛下的理由才對──）

「你若不回來，就此銷聲匿跡，原本還打算放過你的。」

「……皇叔，那把劍是什麼？」

「是天劍。這是真品。」

格奧爾格抬起一邊的臉回答，哈迪斯連眉毛也沒挑一下。

「你手上那把是贗品，沒錯吧？」

「……」

「你能被稱為龍帝，並位於皇帝之位，是因為有天劍的關係。不過那也是因為你所策劃的皇太子連續死亡事件讓皇兄感到害怕，使他誤將贗品當成真品了吧！」

「陛下是真正的龍帝，這把天劍毫無疑問──唔！」

哈迪斯像是不讓格奧爾格看見打算站起來的吉兒般，將她包覆起似的抱進懷中。接著對臂彎中低聲說道：

「拉維，要準備逃了。還撐得住吧？」

『如果只有一次。』

「陛下，要逃走嗎？」

「封印魔力的魔法正從傷口不斷侵蝕進體內。妳也是吧？再這樣耗下去，我們倆都會無法使用魔力。」

吉兒試著集中魔力到指尖，但果然如哈迪斯所說，無法如往常一樣使力。

「再轉移一次也是極限了，而且沒辦法飛太遠的距離。不過現在還有足夠能力帶著兩名護衛和行李一起進行轉移。比起戰鬥，應該把剩下的魔力用在逃脫上。」

哈迪斯一邊說明，一邊將視線落在右手握著的天劍上。看著這情景，吉兒點頭回應。

只有擁有龐大魔力的人才能看見拉維的身影，但化身為天劍後的模樣，應該所有人都看得見才對——然而那把神器正逐漸變得透明，即將消失。

全是因為哈迪斯體內的魔力遭到封印的關係。

「我已經詔告天下你是假皇帝。你是謊稱自己是拉維皇帝的冒牌貨，絕不是龍帝！」

格奧爾格舉起了手。以此為暗號，城牆另一邊的龍騎士舉起軍旗，從開啟的城門如雪崩般湧出來。

城牆上的魔法屏障再次發出光芒，似乎有自動修復的功能。哈迪斯用那把消失一半的天劍，將那些同時發起的攻擊一掃而盡。

一起彈飛的格奧爾格咂嘴，握起劍。

「居然還能使用魔力嗎？但應該撐不久了。」

「吉兒，抓住我。要把龍留在這。」

「是！」

「拉維！」

彷彿回應著哈迪斯般，吉兒與哈迪斯的身體瞬間飄浮起來。同時間，身體好像被從某處的魔力漩渦吞沒般拉扯著。

大概是因為哈迪斯的魔力不穩定，一陣旋轉後，搖晃的感覺就像喝醉酒一樣讓人噁心想吐。但吉兒依然拚命抓住哈迪斯忍耐著。

『小姑娘，我暫時動不了了。』

雖然聽得見拉維的聲音，然而她正咬牙忍耐著，什麼話也回不了。

『哈迪斯就拜託妳了。』

龍神的聲音就此遠去。

她張開眼，發現他們身處接近傍晚的靜謐森林中。

坍倒的石牆圍繞著一棟荒廢的房子，吉兒他們就倒在屋前。

吉兒醒來後，派齊克與卡米拉前去查看四周的安全，自己則處理哈迪斯的傷口。

哈迪斯所選擇的轉移地點，是他身為末端皇子遭放逐到邊境的時候，在各處建造藏身用的房子當中的一間。據他所說，那裡位於拉奇亞山脈附近，在一座矮山的半山腰處，是個遠離人煙的地方。

「下山之後有比較大的城鎮，但道路也都繞開這座山迂迴地建造，所以誰都無法靠近這裡。因為附近還有龍的巢穴呢。」

「龍的巢穴？」

吉兒已完全無法看見或聽見拉維的身影或聲音，這點哈迪斯似乎也一樣，他沒有拿著天劍。不過拉維好像還在哈迪斯體內，所以可以透過哈迪斯跟祂對話。不知道祂說了什麼，哈迪斯皺著臉回答道：

「那是龍養育孩子的地方喔，也是孵化蛋的地方。這在拉奇亞山脈附近的山間很常見。拉維說絕對別靠近，因為會二話不說就被殺掉。龍的蛋和鱗片會產生磁場，也可能無法使用魔力。」

「連陛下也不能靠近嗎？」

「我應該沒關係吧。咦？沒有拉維就不行？」

大概是被罵了，哈迪斯縮了縮脖子。那樣做好像就能隱藏頭上傷口會痛這件事，吉兒將沾了消毒液的布再次按在哈迪斯的額角。

「這裡是陛下藏身的房子，所以各種用品都很齊全呢！」

「嗯，要住個幾天都不會有問題喔。只是沒想到會用來當逃脫地點。」

「——你的魔力怎麼樣了呢？」

「幾乎無法使用，妳呢？」

她將沾了血跡的布放入從井中打來的乾淨水中。水很冰。試著攪拌一次，但水溫一點都沒有因為魔力的熱度變暖的跡象。

「不行，沒有恢復……即便是因為封印魔力的術式讓人完全無法使用魔力，一般也只會持續數小時而已。而且除了我，連陛下也遭封印……」

「應該是透過皇叔所持的那個武器，增強了魔法吧。它與天劍非常相似，究竟是從哪裡拿到那種東西的？」

「不管他是透過什麼管道拿到，能夠創造出力量那麼強的魔法，只有一個國家。」

魔法大國克雷托斯。腦中浮現的是自己故國的名字，吉兒嘆了口氣。

（果然在現在這個時間點，已經有人潛入拉維皇族當中了啊。）

雖然做好了覺悟，這讓她重新認知到一點都不能大意。

「那力量確實很強大，但不是永久有效的魔法。拉維說應該會自然而然地逐漸解除。」

「真的嗎？會是多久以後？」

「完全恢復大約需要一年？」

「太久了！」

哈迪斯在吃驚的吉兒對面，簡陋的餐桌上用手撐著臉頰。

「不過我想天劍應該能在半年後就恢復。妳在那時也能恢復不少魔力吧。雖然大概還是有方法能強硬解除，但若因此摻雜了其他不必要的術式，反而可能會導致時間拉長……無論如何，關於那個武器或是現況，我們都需要蒐集情報。」

哈迪斯說得極有道理。

「照皇叔的狀況看來，我們最好當作他已經拉攏了身邊的人比較好。若輕舉妄動，可能會不小心落入陷阱中。現在稍微先觀察狀況吧。」

「可是……陛下的天劍明明是真的，你明明是真的皇帝。」

「皇叔的行動還在我的預料之內喔。畢竟遲遲沒有派人到貝魯堡迎接我，不是貝魯侯爵一個人能決定的事。」

「——對不起，都是我的錯。」

哈迪斯放下撐著臉的手，眨了眨眼。吉兒無法看他的臉。

「我如果再謹慎一點行動，就不會害陛下的魔力也封印了。」

「並不是那樣喔，吉兒。他們攻擊的目標原本就是我，妳對魔法屏障進行攻擊的判斷與行動非常精確。皇叔的那個武器是意料之外的問題。」

「不過，陛下是因為救我，魔力才會……」

原以為他只是把她的頭拉著靠過去，沒想到他的吻落在自己頭頂上。她嚇了一跳，說著洩氣話的嘴巴也停下來。

「讓妳感到害怕了。是我能力不足，對不起。」

「陛、陛下並沒有不對——咿呀！」

耳垂被吹了氣，讓她全身都縮起來。正當她在驚嚇中，哈迪斯調皮地笑了。

「我最近立志要成為一個禮儀彬彬的男人。不過，可愛的妻子心情如此低落就另當別論了。

所以妳要是再繼續自責下去，我就得更加努力安慰妳。」

「知道了，不會再那樣說了！」

「這次輸給那種東西，是我的失敗。」

聽到從頭上傳來冰冷的語調，吉兒為了看哈迪斯的表情將視線往上抬。因為太陽幾乎已經西沉，從沒有玻璃的上懸窗進入室內的光線很微弱。只有餐桌上點亮的燭光照著哈迪斯望向遠方的側臉。不知是否因為這樣，哈迪斯美麗的輪廓並不清晰，表情看起來相當嚴肅。

「……陛下，您在生氣嗎？」

「我正在想該怎麼做比較好喔。帥氣護送妳的旅途染上了汙點。」

他的薄唇兩端微微地上揚。

吉兒爬到哈迪斯的膝上，挺起背脊，試著拉開他的兩頰。再怎麼完美沒有死角的美麗臉型，當臉頰被扯開也是會變形的。

「尼在做什摸？」

「陛下非常地帥氣喔，一直都是。我只有輕微擦傷，都是多虧陛下。」

摸著臉頰的哈迪斯正在確認自己的臉恢復原狀，吉兒看著他，發現自己顧著自我反省而說了不該說的話。忘記比起反省，還有更重要的事。

「謝謝您救了我，陛下。我也會為了下次能帥氣地幫忙而更努力！」

「……妳那麼說，還真是帥氣啊。」

「您沒聽到我說的嗎？帥氣的人是陛下喔？」

她歪頭回道，這次換成額頭被輕輕地吻了。她知道這是感謝的吻，並沒有感到害羞，反倒因為覺得癢而笑了出來。哈迪斯似乎對她笑出來而不滿，嘴角往下彎問道：

「為什麼要笑？」

「因為覺得陛下很像小孩子。」

「妳才是小孩子吧……如果妳把我當小孩看待，那我可以不把妳當小孩嗎？」

他歪著頭望向自己的神情就像個孩子，但金色的眼瞳中多了光彩。吉兒趕忙對他搖頭。

「我、我說錯了，陛下是大人！」

「我不想當大人……」

「請別那麼說，陛下可以做得很好的！」

「就是啊，陛下加油啊！差不多可以放開隊長了。」

「我們是不是差不多可以進屋裡了呢～？」

聽到背後傳來的聲音，吉兒和哈迪斯同時僵住了。

「既然要看可以先說一聲再看嗎？偷窺太不知廉恥了！」

哈迪斯雖然率先紅著臉生起氣來，但與其說他慌張，倒像是吃了一驚。原以為他不在意別人的眼光，不過被偷窺似乎還是會覺得不好意思。

對於這個新發現，吉兒胸口感到有點刺痛，隨著齊克與卡米拉加入，便互相分享了情報。

他們轉移的目的地是位於帝都拉爾魯姆西南方的諾以特拉爾地區，是拉奇亞山脈北半邊與克雷托斯王國的國境鄰接處，屬於諾以特拉爾公爵家的領地。這裡雖有險峻的山脈，但為了守護國境所建造的城鎮四周，不管到哪裡都有城牆，也有許多士官學校，諾以特拉爾公爵家引以為傲的龍騎士團更是辛勤地巡視。

說起諾以特拉爾公爵家，是拉維帝國的三大公爵家——三公爵的其中一家。歷代皇帝經常由三公爵家娶妃，與拉維皇族有姻親關係。譴責哈迪斯為假皇帝的格奧爾格，他的母親也曾是三公爵之一斐亞拉特公爵家的公主。

對於沒有貴族在背後撐腰的哈迪斯而言，三公爵既是親戚，也是政敵。相對擔心對方馬上會派出追兵而緊張的吉兒，哈迪斯說出的內情與她所想的大不相同。

「諾以特拉爾公爵家和其他公爵相比，較有騎士氣質，權力方面也比較常保持中立。比起奪取帝位，他們的方針感覺更著重於防衛與經營領地，不讓自己受他人干涉。」

「那麼，他們可能成為陛下的盟友嗎？」

「嗯……但是諾以特拉爾公爵家的皇妃所生下的皇太子死了。」

「那、那是因為詛咒的……難道那被認為是陛下的錯……？」

哈迪斯悠悠地說道，吉兒的表情僵住了。

「是啊。」

「……還是不要去求助於他們比較好。」

聽到齊克的斷言，卡米拉皺起眉頭。

「應該問，陛下能求助的貴族有哪些呢？」

「我想不到。我的母親是平民出身——聽說是舞女之類的。」

雖然之前有聽說身分低微的事，但那可不是一般的平民。意外地會獲准進入皇家，大概是因為前任皇帝已經有大量繼承人的關係，才會容許嫁進門吧。

「那麼陛下的皇兄……維賽爾皇子呢？他現在是皇太子吧？」

「皇兄的背後有皇叔喔。皇叔只有一個女兒，她是皇兄的未婚妻。」

「盟友的盟友是敵人啊！那這下盟友也變成敵人了！」

齊克喊出的心情，讓吉兒不禁想認同他，但她忍住了。至少哈迪斯是信任親哥哥的，她不希望說出可能破壞兄弟情誼的話語。

「也就是說陛下會成為皇帝的原因，撇除女神的詛咒，是因為前皇帝的讓位和天劍呢……」

「這當中最大的理由是天劍。不過一般看不到拉維，所以只要敢說天劍是假的，那麼要將我從皇帝的位置拉下來就很容易了。皇叔採取的策略是正確的。帝都即便沒有我，只要有維賽爾皇兄在，政治體系還是可以運作。」

「喂！那不就沒招了嗎？」

「未必如此喔！」

抓著頭的齊克眨了眨眼，卡米拉也投以詢問的眼神。吉兒也因為不明白笑瞇瞇的哈迪斯所說的意思而歪著頭。

「有什麼辦法嗎？」

「皇叔的天劍並沒有辦法撐太久，不久之後就會壞掉。只要等那個時候到來就好。」

「會壞……啊，是因為封印魔力的反作用力嗎？」

格奧爾格所持的假天劍確實被打造成強大魔法的媒介，在封印了吉兒以及哈迪斯的魔力後，一般武器很快就會撐不住。

「既然我與吉兒的魔力會恢復，就表示那把假天劍的力量會逐漸消失。」

「……原來如此，這樣說來，等待確實是最好的方法。」

「若因為著急反而落入敵人的陷阱中，也很讓人生氣呢。」

「首先，以安全第一為原則靜觀其變吧！只要那麼做，也會找到作戰方式。」

哈迪斯說的話相當有說服力。看到放心鬆了口氣的齊克與卡米拉，吉兒甚至感到有那麼一點驕傲。

也因此太大意了。

（沒想到真的、真——的什麼都沒做！）

一開始因為一邊進行療傷，一邊確保周圍安全，就這樣度過了十天。為了讓生活更充裕而過了半個月，想著差不多該有什麼變化或指示，等著等著就這樣過了快一個月。

這段期間的收穫，只有哈迪斯細心栽培的高麗菜和馬鈴薯而已。吉兒不禁想從種著高麗菜的哈迪斯背上踹下去，反正他背上的傷已經完全好了。

「差不多！應該要！做點什麼吧！」

吉兒終於忍不下去，在晚餐的餐桌上，大家圍著蔬菜燉肉時宣言道。

坐在她正面的哈迪斯還穿著圍裙，歪著頭問：

「做點什麼？」

「應該要為奪回帝都擬定作戰計畫啊！這一個月陛下只有在種菜吧？」

「不只種蔬菜，草莓也差不多能收成了。」

「不對！我不是在說這些……卡米拉、齊克！你們說呢？」

「鄉下生活意外地很愜意。」

「釣魚也很棒喔！」

連卡米拉和齊克都開始適應這裡的生活了。吉兒心情絕望地用手蓋住臉，這一幕大概讓齊克感到於心不忍，便用叉子叉了塊豬肉打算安慰她。

「沒辦法啊，應該已經發布通緝公告，我們當中某人的長相，可是只要一出去就會立刻遭到通報啊！」

「哪有那麼危險的長相……你們為什麼都看著我？」

皺著眉的哈迪斯，就算穿著圍裙與戴著三角巾也無法遮掩他奪目的美貌。確實這長相一出去就會立刻被通報吧。但吉兒掙扎地說道：

「我明白不能讓陛下外出，然而就算只有我們，也得做些什麼。」

「當然了，有什麼應該做的事，我們都會去做。但要做什麼？」

「……為、為了防範敵襲，去挖壕溝之類的……」

「要是挖了那種東西，反而顯得非常可疑吧？」

卡米拉義正嚴詞地指出問題點，讓吉兒無法反駁。不能再這樣下去了。

「可是都過一個月左右了耶！」

「才一個月。而且連魔力都還沒恢復。」

她瞪了理直氣壯回嘴的哈迪斯。

「您那麼說，這半年左右的時間，陛下打算悠閒地度過嗎？」

哈迪斯立刻將眼光移向旁邊，吉兒探過身去。

「不可以這樣吧！陛下可是皇帝耶！從克雷托斯回來，連同在貝魯堡滯留的期間，已經有三個月皇帝不在帝都，實在太奇怪了吧？」

「咦……不行嗎……沒什麼關係吧……回去後也沒什麼好事等著，都是些麻煩事……在這裡的生活那麼開心……」

將叉子戳向馬鈴薯的哈迪斯，嘴裡喃喃地說著藉口。吉兒用手掌拍了一下餐桌。

「陛下！」

「是！」

哈迪斯挺直背脊。吉兒盯著他問道：

「在貝魯堡時，您還擬定了奪回帝都的作戰計畫當遊戲吧？面對現在的狀況，其實也有能逆轉戰況的計策吧？」

「……我的妻子真恐怖。」

「請不要打馬虎眼！——這是我今天撿到被風吹來的東西。」

她從口袋中取出摺好的一張紙。那應該是離這裡有些距離的山腳下的城鎮中發派的報紙，上面印有半個月前的日期，刊登著原本派駐在外地的諾以特拉爾龍騎士團長回來的速報。

「這明顯是為了搜索陛下的下落而回來的吧？當我們在這裡種菜狩獵，吃著美味的蔬菜燉肉的期間，正在漸漸被逼到絕路啊！如果明天他們就找到這裡該怎麼辦？」

「等被找到時再考慮不就好了……我們現在沒有能做的事。」

「是啊，沒有錢，沒有人脈，沒有情報，什麼都沒有就真的沒有能做的了。」

「也一直沒有薪水可領啊～」

「——我知道了。」

那陣「哈哈哈哈」的輕笑聲，因為吉兒冰冷語氣的氣勢而停下。

面無表情的吉兒，帶著沒有抑揚頓挫的語調說道：

「那至少讓我去工作。根據這個報紙所刊登的，龍騎士團似乎人手不足，正在招募龍騎士學徒。只要擁有突破入團考試的實力，對象不問性別、年齡或出身。正好明天就是考試的日子，我要去參加。放心，我會考上的。」

「等……吉兒……但是妳還沒有魔力。」

「沒問題，肌力方面的魔力多少恢復了。」

「肌力方面的魔力是什麼？」

「魔力就是肌力。」

她篤定地如此說道，冷冷環視表情僵硬的大人們。

「而且我本來就有在訓練，所以就算沒有魔力，還是不會輸給同年紀的人。不如我就往出人頭地的方向前進吧，這麼一來，不管是金錢、人脈，還是情報，我多少都能掌握才對，你們不會反對吧？就決定那麼做了。」

「吉、吉兒……難道妳在生氣？」

她用叉子戳入蔬菜燉肉中的馬鈴薯代替回答。

「陛下，您該不會反對吧？」

「因為那很危險……」

「不用擔心，陛下只要在這裡做好早餐、便當和晚餐等我回來就好。」

「怎麼能這樣……」

「不然就離婚。」

「我知道了！」

哈迪斯趕緊拚命點頭。這次心臟沒有輕易停止跳動，大概是因為魔力被封印，身體狀況不錯。也有可能是這裡的生活很舒適，精神負擔很少的關係。

非常好。如此一來，吉兒也能放心地出去工作了。

建造在半山腰只有一層樓的小屋，從入口進去後，正面是寬敞的客廳，往左是廚房和浴室這些會用到水的隔間，往右走進去是兩間有床鋪的房間。

吉兒與哈迪斯使用其中一間寢室，卡米拉與齊克則輪流使用另一間寢室，以及在客廳置物櫃上鋪靠枕與毛毯做的簡易床鋪。

考慮到身分與性別還有關係性，這樣的房間分配是恰當的吧。

然而雖然是龍妃，齊克身為年幼女孩的騎士無法打從心裡認同這個分配。

「喂，陛下，儘管現在不得已，但回到帝都後，你和隊長的寢室會分開吧？」

「分開？為什麼？」

明明會顧慮吉兒，為了不讓她看見而到客廳換裝，哈迪斯卻一副不懂問題意思的表情反問。

他那樣的態度使齊克不得不更加警戒起來。

「讓十歲孩子陪睡太勉強了吧？」

「我們是夫妻耶？」

「……不是所有人都能接受這種說法。」

「你已經在考慮回到帝都的事情了啊。」

他帶著笑意的語氣，讓齊克不是很高興。

「難道龍帝大人認為回不去嗎？」

「不。」

簡短否定的哈迪斯看來似乎如吉兒所說，其實心裡早已打算好如何收拾眼前的事態發展。

「比起這件事，明天起吉兒就拜託你了。吉兒雖然聰明，但對這個國家的情報並不熟悉，重點是她年紀還那麼小。」

「你不阻止隊長啊？」

「基本上吉兒想做的事，我沒打算干涉。而且我不想被她討厭。」

那就是信任嗎？

（難道只有我感覺他像在試探隊長嗎？）

齊克目不轉睛地看著，脫下內衣的哈迪斯回過了頭。

「看男人換裝很有趣嗎？」

「你的身體鍛鍊得真不錯呢。」

「沒像你那麼好啦。」

「你也很習慣簡樸的生活呢。」

「是啊，因為我一直住在邊境，沒有過著像皇族的生活。」

將布浸入裝著熱水的水桶準備擦拭身體的哈迪斯，沒有任何不熟練或厭惡。

再說哈迪斯的行李中裝的，有生火工具、鍋具、行動糧食、地圖，與備有尺寸齊全的麻布、藥品、消毒液等等的簡易急救箱，以及數種貨幣。完全是遇難用的行李，並不像皇帝會攜帶的東西。這也表示他非常習慣放逐在外的生活。

——話說回來。

「……有股奇妙的氣味耶，你放了什麼進去？」

「是精油，你也要用嗎？非常清爽喔，還能去除體味。頭髮則建議使用香油。」

「你是少女啊！」

「吉兒說她喜歡這個氣味，覺得聞了非常好睡。而且人總是會希望在喜歡的人面前能保持乾淨好看。」

不行，想吐槽的地方多到不知從何說起。齊克嘆了口氣，從哈迪斯身上移開視線，橫躺在簡易床鋪上。

「你怎麼說都好，只要能付我薪水都好。」

「那得請你好好保護吉兒。」

「不要一直說，那就是我的工作，我會的。」

齊克閉上眼，房間裡飄散的精油香味確實很舒服。

（應該不是有催眠作用的怪味道吧。）

這皇帝從頭到腳都很可疑。齊克非常明白那些貴族們會想當他是假皇帝的心情。

「一旦發生什麼萬一，就把我交給皇叔。」

他睜開眼，從床鋪上坐起身。擦拭完身體的哈迪斯一邊套上睡衣，一邊平靜地笑著。

「若要保護吉兒，這點事就得做到。沒錯吧，龍妃騎士？」

齊克鬆開不知何時緊握的拳頭，接著將薄被從頭上蓋住並閉上眼睛。

（那樣就是指被隊長和我們背叛時吧。）

就算有自信可以切割彼此，但怎麼可能不因此感到心痛？或者是因為原本就沒有相信彼此而不會心痛呢？真是個無法猜透心思的皇帝。

然而唯獨非常珍惜吉兒這心意是真的。

穿過西邊的城門，通往城鎮中央的大馬路立刻映入眼簾。高高低低的建築物和店家羅列在街道兩旁，從磚瓦建造的方式到牆面油漆的顏色都非常華麗。路上往來的人相當多，從大馬路延伸的小巷中有路邊攤並排著，招攬客人的呼聲此起彼落。在早春的陽光下，活潑的孩子們正往噴水廣場跑去。

帶著齊克走入其中的吉兒，吃驚地看著眼前那幅光景喊道：

「這裡是很大的城鎮耶！」

「畢竟這裡是三公爵之一的諾以特拉爾公爵麾下治理的堡壘城市。」

原以為這裡只是諾以特拉爾公爵領地的其中一個小城鎮，沒想到是諾以特拉爾的堡壘城市，是本家的大本營。

「這麼說來，這裡的龍騎士團是……」

「是由諾以特拉爾公爵率領的龍騎士團。」

「那不就是龍騎士團裡菁英中的菁英嗎？」吉兒喃喃說道。

「難怪……剛剛就覺得應試者好嚴肅……大家都幹勁十足……！」

「真心以龍騎士為目標的人們都聚集在這裡了吧。不問性別、年齡和出身，就表示即使有來路不明的人前來，也有自信能將他們踢出去。」

而且，在諾以特拉爾公爵麾下也表示，在政治方面的意義上，距離中央——帝都拉爾魯姆更靠近了。簡直有如直接深入敵方陣營當中一樣。

「而且，格奧爾格・提歐斯・拉維已經在帝都召集了三公爵與有力的諸侯展示過天劍，接著要求包含三公爵在內，在各領地搜索假皇帝哈迪斯・提歐斯・拉維。雖然我想過有這可能，但陛下現在完全是通緝犯了。」

齊克拿著前往這裡時沿路回收的報紙與四處分發的通緝傳單嘆了氣。

「要說不幸中的大幸，大概就是這上面沒有刊登照片。他長得太好看，肖像畫也畫得不像。上面寫的只有黑髮金眼，和『看過一眼就令人難忘的美貌』是完全正確的情報。」

「我認為會寫上那個情報的人很聰明……」

再次體認到只要有人發現哈迪斯就立刻會通報的事實。

「還有另一個情報，他帶著金髮的小女孩。」

那當然是指吉兒。格奧爾格記得受到哈迪斯保護的吉兒。

「應該也已經詢問過貝魯堡了吧。」

「兩人不知去向，也沒有我和卡米拉的消息——感覺會這樣蒙混過去。」

「蘇菲亞小姐沒問題吧？」

「只能相信她了，而且上位者可能會有更多情報流通。都到這地步了，我們要怎麼做？要放棄嗎？」

齊克如此問道，吉兒則是用力搖搖頭。

「應該沒有警戒到那個地步，就照現狀進行吧！」

「也是，先不管那個會被立刻通報的長相，金髮女孩並沒那麼稀奇呢。」

「而且陛下做了便當讓我帶來，還沒吃完這個不能回去。」

吉兒背上的背包中，裝了哈迪斯早起做好的便當和水壺。

他說著「路上小心」的表情，看起來有些落寞。既然讓他感到落寞，便想帶回相對應的成果回去。

「……不能只把便當吃一吃直接回去嗎？」

「可是晚餐是燉濃湯耶！做完工作後享用陛下的料理……！」

「我知道妳還沒有要回去的決心了。但是妳現在連魔力都沒有，有把握能考上嗎？」

「沒問題的，別看我這樣，可是在戰鬥民族的環境長大的！」

「戰鬥民族……」

齊克一邊複誦，一邊跟上吉兒。

龍騎士團的士兵宿舍和集合場，在沿著大馬路直走，看到有市公所的廣場後左轉的地方。城門的士兵如此告訴他們。今天是龍騎士團學徒選拔的日子，應試者只要在右手手臂綁上白布作為識別，就能通過城門。

果然不能放過那麼好的機會。

「齊克，你有信心考上嗎？」

「一般騎士當然不用說，但龍騎士就不曉得了。會不會受到龍喜歡也是個問題吧？要通過這種考試，卡米拉比較擅長啊。」

「嗯，卡米拉很擅長呢！像射中放在頭上的蘋果就合格這種考試。」

潛入搜查時，卡米拉的支援位置和箭術經常幫上很大的忙。齊克用狐疑的眼神看向想起未來的事而笑出來的吉兒。

「……說得像自己看過一樣。」

「咦……啊，不是，只是覺得他看起來很擅長，是那個意思！」

「算了。倒是廣場騷動起來了。」

齊克似乎真的不在意，手朝著他們前進的方向指了指。吉兒的視線跟著看過去。

大馬路十字交叉口處的廣場，聚集了滿滿的人潮。往左轉的道路動彈不得，擠滿了手臂上綁著白布的人們，也就是想成為龍騎士團學徒的志願者。

「說有突發狀況，那麼考試會怎麼樣？」

「我們可是大老遠來到這裡啊！好不容易有這個機會！」

「龍騎士團現在出動中，請在此稍等。」

「所以要我們等到什麼時候啊！」

「總之，請各位在此稍等。」

大概是應試前的緊張所致，重複來回的問答，讓人們開始謾罵起來。

數名年輕男人擋住通往龍騎士團的士兵宿舍，他們都穿著相同的騎士服。

「那些人是龍騎士團的士兵嗎？」

「應該是。怎麼辦——也只能等了。」

「不知道突發狀況是什麼呢……」

如此喃喃說道的吉兒環視四周。在廣場上議論不休的應試生周圍，居民正遠遠圍觀著，八成是聽到吵雜的聲響聚集過來的吧。正看著同樣情景的齊克咂了嘴。

「不小心被發現就糟了，我們暫時離開吧。」

「……距離考試開始還有多久？」

「啊？喔，應該差不多——」

正午的鐘響聲打斷齊克的回答。那瞬間，人們似乎忘了爭吵，廣場的喧鬧聲平靜下來。隨後從上空吹下的風和振翅聲打散鐘聲的餘韻。

巨大的影子籠罩了半邊廣場。

「唔……龍，是龍！」

「不、不要慌，只是龍而已，因為這個城鎮裡有龍騎士團啊——」

「可惡，沒解決掉嗎？」

往這邊跑來的龍騎士喊著，而長著綠色鱗片的龍彷彿要蓋掉他們的聲音，將廣場的噴水池踩個粉碎。牠身上沒有人騎乘，表示那是無人飼養的龍。

綠龍發出吼叫，宛如發出最後一擊般朝上空吐出火焰。

「咿……！」

「是、是凶暴的龍！」

「各位，請冷靜地避難！」

龍騎士團的指示和應試者的混亂，就這樣在廣場上傳播開來。慘叫聲四起，所有人開始一起逃竄，充滿怒吼和類似踢倒物品的聲音。這種情況下，龍騎士團的指示根本無法傳到人們耳裡。

「喂，隊長，該怎麼辦——呃，果然是這樣啊！」

吉兒將齊克的大喊聲拋在背後衝了出去。不知是否因為煩躁，龍不停地反覆跺腳，每一腳都造成地面晃動。發現在眼前跌倒的龍騎士時，便大吼著朝他身上踏去。

齊克的大劍千鈞一髮地擋下那一腳，吉兒趁機滑入下方的空隙，抱著龍騎士逃了出來。

「你沒事吧？」

「啊，沒有。妳是誰？」

「先別問了，快去引導居民避難！南側的路還空著，到那邊去！」

因為所有人一起逃跑，讓東西延伸的道路擠得水洩不通。龍回過身，看到了吉兒。她毫不猶豫地從龍騎士的腰間奪走長劍。

（可惡，好重。要是魔力充足，這麼小的龍，我從牠的下巴一擊就能解決了。）

不過還不到無法揮舞的地步。龍緊盯著擺好架式的吉兒，看來是把她視為敵人了。

「妳沒辦法的！一般的劍無法砍傷龍的鱗片！」

「別說了，快離開，你很礙事！」

可能是被吉兒努吼的氣勢嚇到，龍騎士趕緊點頭。

儘管那頭龍很小，但也比兩層樓高的建築還要高。龍「轟」地一聲吐出火焰，吉兒躲開接著奔跑，瞄準了牠柔軟的腹部和腳的內側。

「齊克，掩護我！」

「知道了！」

龍抬起腳，打算踩扁吉兒，齊克躍身出現在龍的面前。他明明不會使用魔力，那副好膽量還是沒變。吉兒趁著龍的注意力轉移到齊克身上，鑽入龍的身體下方，砍向牠的後腳。然而因為魔力和臂力都不夠，對龍而言只是割傷的程度而已。

不過那樣已經足以使龍感到驚嚇。在躲過牠以幾乎踩碎石板路的力道亂踩一陣的後腳後，吉兒一屁股摔到地上，龍的尾巴朝著她揮落而下。

「隊長！」

躲不掉，那只能接住它了。把現在能使用的魔力都使出來。

然而在她握住劍後，龍立刻僵住不動了。

「……咦？」

「到此為止，考試結束！」

有個女性的爽朗聲音響起。

那頭龍像失去全身力氣般軟綿綿地癱軟下來。被緩緩落下的尾巴壓住的吉兒爬了出來。

「喂，沒事吧！」

「沒、沒事。」

她拉著齊克的手站起來，站立之處受陰影覆蓋。又是龍，不過這次有人乘坐在上面。

一位女性乘坐在停留於空中的龍身上說道：

「表現非常優秀，真難想像妳只是個孩子。那邊那位也是，沒有魔力卻有與龍作戰的膽量和能力，表現可圈可點。」

「……」

「你們合格了。其他也有一些人表現不錯。雖然與平時不同，是臨時的入團考試，但這次說不定相當有收穫。」

「到底是怎麼回事啊？」

「……從禁止大家入場時，考試就開始了。」

聽到吉兒嘆著氣回答，齊克皺起眉頭。彷彿在應證吉兒的答案，龍騎士團剛剛的混亂就像一場夢，開始明確地下達指示。齊克和吉兒救出的龍騎士與他們對到眼時，向他們豎起了大拇指。

應該去避難的居民們早已紛紛回來，偷偷看著廣場。居民也是套好的。

「這表示全都是演技嗎？噴水池呢？」

「它本來就預計要在近期拆掉，趁考試順便打掉而已。」

「那麼，這頭龍呢？」

「是我們騎士團的龍。」

齊克一邊呻吟一邊蹲了下來。

「那麼說來，牠確實只攻擊龍騎士和考生啊……」

「牠很聰明吧！但要像這樣命令牠，需要建立相當深厚的信任關係和訓練。學徒千萬別模仿喔！你們首先得學的是如何不會被牠們攻擊。」

「……牠變僵硬也是命令嗎？」

聽到吉兒的疑問，在龍身上因為逆光看不見表情的女性反問：

「變僵硬？這孩子嗎？嗯，牠可能哪裡不舒服了。」

「……請問，妳是誰？」

「啊啊，還沒自我介紹。」

那名女性從龍的鞍具上俐落輕快地跳下。龍像是獲得允許般飛離而去，揚起一陣輕柔的風。女性將長長的銀灰色頭髮撥到頸後，黑色眼瞳直直盯著吉兒。她雖穿著騎士團的制服，斗篷卻是深紅色的。

是拉維皇族才能使用的御用色。

「我是艾琳西雅．提歐斯．拉維，拉維帝國的第一皇女。」

她就是在曾經發生過的未來中自殺的敵國皇女。

一口氣喚醒了吉兒苦澀的初陣回憶。但是現在還沒發生。

「還是我應該用諾以特拉爾龍騎士團團長介紹自己比較好呢？我正式被指派指揮這裡的龍騎士團。請多指教。」

艾琳西雅雖貴為皇女，卻豪爽地伸出了手。

吉兒將心中的震撼與未來的事都吞下肚，伸手回握。

「請多多指教。」

如果可以重新來過，她這次是否能夠不拒絕哈迪斯伸出的援手成為盟友呢？

（對了，剛剛果然是陛下——）

接著吉兒忽然聯想到一件重要的事。

「我的便當！」

她趕緊打開背包，當見到哈迪斯親手做的三層三明治的慘狀時，吉兒宛如不合格的考生般當場癱軟下來。

「吉兒超級出風頭的呀！陛下，那樣沒關係嗎～？」

以又高又厚重的牆壁圍繞的城鎮，在堡壘的四個角落都有可以將四周與城鎮一覽無遺的監視高塔。哈迪斯摸摸自己心跳不已的胸口，對著從望遠鏡抬起頭的卡米拉說：

「太厲害了，我的妻子實在太帥了……」

「是啊～很帥呢～別暈倒啊，陛下。」

「而且還很可愛。晚飯得準備好料來慶祝合格錄取，我們準備食材然後回去吧！」

抱著便當盒感到失望的模樣也讓人憐愛不已。卡米拉嘆了口氣。

「我們沒辦法去採購啊。陛下，請要有自己是通緝犯的自覺。」

「你可以去幫忙買回來啊，我認為部下就是這樣的角色。」

「哇，突然就擺出皇帝陛下的態度啊！雖然是沒問題啦……剛剛讓龍停下來的是陛下嗎？」

「嗯，不過這得對吉兒保密。還有今天這樣跟蹤的事也是。」

因為知道入團考試會使用龍，所以哈迪斯就算只能從很遠的地方觀看也去看了狀況，以防萬一有突發狀況可以幫得上忙。

「吉兒個性認真，對於作弊可能會生氣。當然就算我沒有施壓，異母的皇姊也會阻止吧。」

「當然啊，龍遇到對手是龍帝，根本沒辦法比輸贏或進行考試啦！不過吉兒是龍妃吧？不會因此受到護佑嗎？」

「吉兒確實是受到龍神祝福的龍妃，不過龍是龍神的分身，是神的使者，因為同樣都在龍神之下，所以等級是一樣的喔！而且吉兒擁有龍所討厭的女神的魔力，應該很難讓牠們服從……加上拉維的管教又寬鬆，龍並沒有規矩。」

這時，拉維在哈迪斯腦中大吵大鬧起來，讓他皺起眉頭。說什麼龍是神聖的生物，不會那麼輕易馴服於人等等，結論就是因為認為侍奉自己的龍很可愛想儘量放牠們自由自在而已。哈迪斯在心中那樣反駁後，大概是被說中，拉維安靜了下來。

「而且龍妃的存在，基本上是為了對付女神。」

「你那種說法，吉兒聽到會生氣喔！」

「我已經仔細向她說明過。她說下次要把女神變成木屑……害我笑到停不下來，差點得支氣管炎。」

「……原來那時候臥床就是因為那樣呀……會那麼說是挺像吉兒的個性啦。」

「女神會變成木屑嗎？」

回想起來又不禁笑出來，哈迪斯用手摀住嘴。

折斷女神已經很令人震撼，但若變成木屑看來還是會讓人笑個不停。吉兒似乎把黑色長槍認定為女神了。

然而女神真正的樣貌，會使凡見過的人都遭到擄獲，是名美麗又令人憐愛的少女——

（這件事還是別說比較好，嗯。）

與女神對峙的吉兒非常可靠，也有點可怕。猜測她會不會吃醋讓他心裡騷動不安，不過哈迪斯也清楚知道，要是問出口，最後遭折斷的可能是自己。他與拉維也討論過，獎賞乖乖不亂動，乖乖等著被爭取才是獎賞的本分。

「不過陛下就算沒有天劍也能馴服龍呢！」

「這種程度的龍還可以。力量與智慧高的龍，不拿出天劍是無法讓牠們聽命於我的。」

「那麼，不就能利用龍來奪回帝都嗎？」

吉兒挑選的騎士真聰明。

然而在露出笑容的哈迪斯體內，還有一個如親人養育他長大的溫柔龍神。

「我說過了，龍是龍神拉維的使者。皇帝與人民間的紛爭先不說，如果龍獨自攻擊人民或拉維皇族，就是傷害龍神該守護的自己人，是違反真理的。若是做得太過，拉維的神格會降低，一旦拉維的神格降低，護佑這個國家的力量會變弱。」

「……那不是對內鬥非常不利嗎？」

「所以如同允許龍可以自保，假如傷害龍神——龍帝就另當別論了，倘若我為了自保使用龍進行肅清，是合乎道理的。無論對手是人民或是拉維皇族都一樣。」

這名觀察力強大的龍妃騎士看來完全理解哈迪斯話中所說的意思，他每天早上修整齊的眉尾稍稍往下垂。

「那是指……陛下能夠利用龍，將發生叛亂的帝都在一夜之間全都擊毀的意思對吧……？」

「所以說，那是最後手段。拉維皇族或其他人都還沒發現對我落井下石的可怕之處。要那麼做，又能允許那種事的人，可能……」

——只有我。

哈迪斯瞪大雙眼，銳利地掃向四周。剛剛似乎聽見了女神的聲音。

「怎麼了，陛下？」

「沒有，是錯覺……」

正準備拋下這想法時，哈迪斯又重新考慮。

只要有吉兒在，女神就無法糾纏哈迪斯。既然先前與吉兒的打鬥應該消耗了非常多力量，會有好一陣子無法活動才對。

然而，若有容器就另當別論。況且，依照格奧爾格的假天劍入手來源看來，可能性非常高。

真是不愉快至極。但以往只會令他感到厭惡的事態，現在不可思議地並不感到痛苦。甚至還有那麼一點點開心。

因為她說會守護自己、期望自己活下去、答應會讓自己過得幸福。

——但是……

（無論是怎麼樣的我，妳真的都會繼續喜歡下去嗎？）

吉兒一定沒有察覺，哈迪斯內心幽暗的執念。

第二章 ⚜ 潛入，諾以特拉爾龍騎士團

「路上小心。」

「我出門了。」

吉兒讓哈迪斯在臉頰上輕輕一吻，接過放有便當的袋子，往正在石牆前等著的齊克跑去。途中只有頭部長得像小雞的蘇堤咕咕叫了一聲。這隻仿冒小雞非常聰明，似乎是來送他們出門。

「不要讓蘇堤去吃陛下田裡的作物！卡米拉，陛下拜託你照顧了。」

「好好好。」

「齊克，我們比賽誰先跑到街道上！」

「別多話了，開始跑吧！」

齊克回話的語氣雖然聽起來提不起勁，但還是緊緊跟在一路從山路衝下山的吉兒身後。

這天是開始出勤的第十天，這條山路也走得相當習慣了。在踩著石塊跳躍渡過春天的陽光下照耀得閃閃發亮的小河，進入通往城門的街道後，吉兒放慢速度。

「齊克，不要有顧慮，超過我沒關係的！」

「那當然不行，我可是妳的騎士。不過隊長還是一樣精神飽滿呢！」

「因為今天的午餐有附甜點啊！」

工作、美味的便當與甜點，每天的日子過得非常充實，最開心的是能領薪水。基本薪資雖然因為出勤天數少，金額不多，但藉由慶祝入團的名目領到了獎金，生活費寬裕不少。諾以特拉爾龍騎士團很大方。

（這下還能幫陛下買禮物！自己賺錢真好呢！）

看著心情極好的吉兒在街道上四處轉來轉去，齊克不禁用懷疑的眼神看著她。

「妳該不會忘記我們為什麼要千辛萬苦冒著危險成為龍騎士團的學徒了吧？」

「我記得很清楚喔！」

「那就好。聽好了，隊長，千萬不能出風頭喔。不對，已經太遲了，不能比現在更出風頭喔！」

「這麼說來你比我更出風頭吧？上次的新人訓練比賽，你得到第一名呢！哪像我在八強就止步了，真是沒用。」

雖然因此稍微感到心情低落，不過哈迪斯答應要用採收的草莓做吉兒專用的果醬。真是期待不已。

「妳要知道，那樣的狀態能進入前十名內已經很奇怪了……而且在貝魯堡時，我一次也沒贏過妳，有什麼好不甘心的？」

「就算我沒有魔力，在同樣身為新人的訓練中輸了，很受打擊啊！」

「那麼積極進取很好啦，但大家即使是新人，能進入龍騎士團的人，不是有傭兵經驗就是在其他騎士團待過，都是箇中高手。當然也有經歷資淺的人，不過所有人的年紀都比妳大，而且都是男人。隊長不但是年紀最輕，還是萬綠叢中一點紅。」

齊克的食指指著吉兒的鼻尖。

「聽好了，妳對自己的立場要有自覺。就算團長是女人，龍騎士團的結構還是男性社會，加上學徒人數一多，小鬼頭也多。現在差不多是學徒們精神開始鬆懈的時候，當然我也會盡全力留意，但很有可能因為妳是女生，就會有人對妳做愚蠢的惡作劇。」

「什麼愚蠢的惡作劇？」

「……那個……妳去問卡米拉。」

看來是不方便說出口的事情。吉兒向眼神飄開的齊克笑道：

「你放心，我會準確地瞄準致命之處。」

「知道了，是我不好。別說這個話題了，不然我覺得皇帝會砍我。」

「陛下嗎？你是因為擔心我吧？這樣陛下沒有理由對你生氣。」

「即便如此他還是會生氣。妳要記住，男人就是這種生物。」

如此說道的齊克粗魯地摸摸她的頭。吉兒用手整理被摸亂的頭髮，同時和他一起穿過城門。他們也已經習慣熱鬧的早市風景，當中時不時有陌生的臉孔。

「吉兒，今天也要加油喔！來，這是上次的回禮，小伙子也有。」

蔬果店的店長朝著吉兒與齊克扔了蘋果過去。之前他們受命巡視城鎮時，前去幫忙因發生馬車碰撞意外而起的爭執，甚至還幫忙收拾了店裡。齊克立刻啃著蘋果「喔！」地回應一聲。

「老闆，我們回家時會順道來買東西，要打折喔。」

「那得看你們會成為多厲害的龍騎士了。龍的洗禮是今天吧？」

看到吃驚愣住的吉兒與齊克，店長笑了。

「什麼啊，原來你們不知道嗎？快去訓練場看看，艾琳西雅殿下和龍已經到了喔！那就是在準備龍騎士團新人都要經歷的龍的洗禮。龍的適性測驗。」

他們急忙趕到訓練場，那裡已經被高漲的情緒包圍。他們是龍騎士團的學徒騎士，不過仍然禁止進入有龍常駐的軍事基地和廄舍。之前有告知，為了了解他們所有人的實力和適性，會先讓他們一邊參加與龍有關的課程，一邊學習怎麼照顧龍。

因此，他們以為還要好一陣子才會接觸到龍，但就如蔬果店的店長所說，團長——艾琳西雅與她的騎乘龍就在訓練場，這讓吉兒的眼神亮了起來。大家聽到「列隊」的口號整齊排好隊後，視線都集中在龍的身上。

艾琳西雅帶著苦笑看著新人們期待的模樣，在隊伍正面提高音量。

「今天會讓各位與我的龍進行接觸！不要誤會，並不是要你們和入團考試一樣跟牠戰鬥，只需要低頭向牠打招呼而已，這樣就能看得出你們是否契合。羅薩……這是我的龍的名字，牠是接近最上級的龍，大家可以看看牠的鱗片顏色。」

艾琳西雅撫摸她身旁紅色鱗片的龍。羅薩從喉嚨發出咕嚕聲，紫色的眼睛細細瞇起來。

「龍是依據鱗片顏色決定階級，從上而下是銀白色、黑色、紅色，也被稱為代表白晝、黑夜、黃昏。同色鱗片當中的階級則靠眼睛顏色來區分，金色眼睛是上級，紫色眼睛是下級。用這樣的區分方式來看，紅龍看起來是第三等，不過白龍——金眼的銀白色龍，除了龍神拉維大人以外沒有其他龍了。」

吉兒的腦袋中隱約浮現拉維那個完全沒有威嚴又咯咯大笑的身影。閃耀的銀白色軀體和金色眼睛，符合傳說中的配色。

（拉維大人真的是龍神啊……雖然在祂變成天劍時就知道這件事了。）

心中似乎感到安心，但又有點遺憾。

「因為銀白色是拉維大人才有的顏色，並不存在銀白鱗片紫色眼睛的龍，所以下一個等級就是金眼黑龍，但這也只存在於傳說中。有一種說法是，那是拉維大人以前當龍帝時期的顏色，所以拉維皇族天生帶著黑色、金色、紫色的頭髮或眼睛顏色出生的人居多，大概是依照龍的階級而來的顏色吧。像我的眼睛也是黑色的。」

哈迪斯擁有美麗黑髮和閃耀的金色眼瞳，完全符合傳說中的龍帝顏色，加上天劍，根本天生就該成為龍帝，不過既然繼承拉維皇族的血統，頭髮與眼瞳的顏色就有可能被主張只是巧合。

「回來講解龍吧！也就是說，無論是金眼或紫眼的黑龍，幾乎都不會在人前現身。銀白色的龍是神，黑龍則是王和女王，聽說牠們擁有與人類無異的智慧，也能透過語言對話。至於龍的鱗片是經過幾百年的日子替換無數次後顏色才會確定，或是一出生就是黑色，眾說紛紜無從辨別真假，總之是個難得一見的存在。說到這裡，我想大家應該理解羅薩是現實中最上級的龍是什麼意思了。」

銀白色的龍只有拉維，黑龍也幾乎是傳說中的生物。

照那麼說，在人類能接觸到的龍當中，就是階級第三的紅龍了。

「紅色是拉維皇族的御用色，據說也是從龍的階級而來。白與黑是龍的神與王，為了表示尊敬之意而避開使用這兩色，於是選了紅色。另外，龍鱗的顏色階級由上往下依序是橙色、黃色、綠色，簡單說就是彩虹的顏色順序。加上無法快速飛行的茶色、灰色，還有斑紋的龍在內，都屬於其他分類。龍騎士團的階級章也以此呈現，而學徒是最低的階級，所以臂章使用龍鱗中沒有的淡藍色。」

學徒並沒有配給制服，但有發臂章。吉兒看了自己的手臂確認顏色，確實是淡藍色，而看向這邊的前輩騎士，臂章則是綠色。

「能夠騎乘紅龍的騎士階級章，顏色並非使用麟片顏色，而是比照眼睛顏色使用紫色，因為紅色是皇族的御用色。就連我是皇族也不例外。」

如此說道的艾琳西雅給大家看自己的階級章，上面沒有使用眼睛顏色代表上級的金色，果然還是有所顧慮而避開龍神的顏色吧。

「順道一提，除了淺藍色以外，藍色鱗片的龍也不存在。神話中說是想要天空的女神克雷托斯奪走了。據說女神誤以為藍色就是天空，所以成為克雷托斯王族御用色。」

吉兒忽然想起有關克雷托斯御用色的軼聞。

（記得由來好像是為了表示天空並非單獨為拉維所有才使用藍色。沒想到在拉維會描述成把龍的顏色誤以為是天空啊。）

兩國之間不同的詮釋非常有趣。拉維的御用色紅色也一樣，剛剛聽到的說明中，是為了表達對龍階級的尊敬之意才選用紅色，但在克雷托斯的說法是，女神為了從龍的支配中保護人民，而將血的顏色分給大家。

「龍的數量多寡與階級愈高成反比這類的內容，大家就從課程中學吧！正題現在才要開始。因為龍的階級分明，與龍的契合度就會成為階級參考。簡單地說，能受到上級的龍認可，下級的龍自然會跟著認可。接著預計會讓橙龍與黃龍，以及綠龍到斑紋龍來這裡，所以就算不被羅薩搭理也不必擔心。」

「但是——」艾琳西雅笑道：

「受到羅薩回禮的人，必定能在龍騎士團中騎乘菁英等級的橙龍，若允許你們觸摸牠，那麼騎乘紅龍也不是夢，往後將能一帆風順。不過，應該幾乎所有人都會被牠無視，但大家應該會想從大的夢想開始下手挑戰吧？」

大家以歡呼聲回應艾琳西雅的詢問，吉兒也握緊雙手，眼中閃爍著光芒。

向羅薩行禮的順序，是按照上次比賽的名次，這表示齊克是第一個。在大家的注目之下，齊克露出一副非常不情願的表情，按照艾琳西雅的指示，面對羅薩低下頭後單膝跪下，也就是展現服從的姿勢向龍行禮。

所有人緊張地吞著口水看著這一幕，羅薩的眼睛看向齊克，仔細盯著他後，原以為羅薩要低頭回禮了，竟突然從鼻子噴了一口氣，讓齊克一屁股摔坐在地。

齊克的眼睛眨了好幾下，羅薩卻裝作什麼也沒發生的樣子轉開臉。

這莫名其妙的舉動讓大家愣在原地，然而艾琳西雅豪爽地笑道：

「這樣很好啊！剛剛的意思是要你別再出現了。」

「啥？這是在挑釁嗎？哪裡好了——請說明好嗎？」

齊克說到一半才想起艾琳西雅是團長，句尾才轉為禮貌的用詞。不過艾琳西雅不介意，笑著繼續說明。

「牠並沒有完全無視你呀，就算只跟你開玩笑也是好的徵兆。看來綠龍可能會對你回禮呢！再說，如果羅薩在這時就向你回禮，不就讓龍騎士團的前輩們面子全沒了嘛！」

艾琳西雅的一句話，讓來觀看新人們洗禮的龍騎士們都笑了。

（氣氛真好啊，菁英的龍騎士團在她領導下井然有序。）

齊克站起身由場內離開後，艾琳西雅拍了拍手。

「先告訴各位，騎乘綠龍也是優秀的龍騎士，是菁英等級。龍騎士團可是以茶色、灰色，或是顏色混雜的斑紋龍占大多數呢！好了，不要沮喪，下一位！」

興致高昂的新人進進出出，有的人被羅薩以踩踏地面示威，有的人牠只看一眼就不再理睬。在一直沒有任何受到羅薩低頭回禮的人出現的狀態下，終於輪到吉兒。

看到緊張得心臟怦咚怦咚跳的吉兒入場，艾琳西雅意味深長地笑了。

「哦，是妳呀！妳會是什麼結果呢？」

「我會努力的！」

吉兒說出決心後閉上眼睛，低下頭在原地單膝跪下。

(希望我們能建立良好關係!我想要自己的龍!好希望能像陛下一樣帥氣的騎乘。對,龍最好是——)

一股風吹起,是股柔和但又有氣勢的——殺氣。

吉兒立即踢向地面往後跳開躲避。銳利的大爪子劃過,她從肩膀到胸前的衣服被抓裂,彷彿割傷般,隱隱的灼熱與刺痛感傳來。

「羅薩!你在做什麼!」

羅薩無視艾琳西雅的制止繼續吼叫。牠張開巨大的翅膀瞪著吉兒,那雙耀眼的紫色眼瞳裡藏著敵意。

「羅薩,我叫你住手!妳——叫吉兒吧?快點出去療傷!」

即便不必上過龍的課程也知道,羅薩對她做出的完全是威嚇行為。

看見吉兒愣在原地,齊克過去抱起她,離開了現場。

「隊長,沒事吧?傷勢怎樣?」

「沒、沒事……的。只是衣服被抓破,一點擦傷而已。」

「總之去急救室!」

「為什麼……我明明是龍妃,明明是龍帝的妻子……」

聽到她忍不住自言自語的這些話,齊克短暫停下腳步,但隨即又邁開大步往急救室而去。

迎接沮喪的吉兒回到家的，是股酸酸甜甜的氣味。哈迪斯正用鍋子熬煮草莓果醬。

「奇怪，今天真早。歡迎回家——吉兒？」

關掉鍋子下的火，穿著圍裙的哈迪斯疑惑地歪頭，應該是因為看見吉兒身上穿了鬆垮垮的軍服上衣。

佇立在門口的吉兒抿著嘴唇。現在無法看哈迪斯的臉。

「我們回來了……因為發生一點騷動，我受了傷，先回房間休息。」

「受傷？距離學徒要進入實戰的時間還早吧？難道是訓練中受傷了？」

「只是擦傷而已，請不必擔心。傷口也處理過了。」

吉兒直接從哈迪斯身旁走過，進了後面的房間。很想稍微自己一個人靜一靜。雖然跟哈迪斯共用寢室應該沒辦法——再說房間根本沒有鎖。

她將背包放在木製的小圓桌，接著倒向硬邦邦的床鋪。沒有灰塵揚起，又聞到曬過太陽的味道。這是因為哈迪斯每天辛勤打掃的緣故。

（我真是沒用。）

這種軟弱的情緒不經意襲來，她趕緊抱住在一旁的哈迪斯熊。

不僅自己的魔力遭到封印，也害保護自己的哈迪斯的魔力一起被奪走。打算進入龍騎士團蒐集情報，偏偏龍以敵意相向。羅薩立刻就恢復平靜了，但讓牠產生敵意的似乎只有吉兒。既然紅龍敵視她，代表其他的龍也會一樣吧。

雖然還沒被說什麼，不過被龍以敵意相對的人應該無法成為龍騎士。這樣可能就無法繼續待在龍騎士團了。那麼現況而言，就沒有其他能蒐集情報的手段了。
（就算魔力遭封印，龍也還是知道啊。不過我明明是龍妃……）
她的視線落在左手上。那枚在無名指的金色戒指並沒有發光，自從看不見拉維開始，也看不見戒指的光了。
（……一旦沒有魔力，我真的連一點忙都幫不上陛下……）
哈迪斯看上吉兒的條件是未滿十四歲、擁有強大魔力的女孩——原本懷疑他有戀童癖的這些條件，現在就其他意義上讓人感到害怕。
這種時候就睡覺吧！只要睡一覺就能恢復精神了。
那樣就不會再想著沒有魔力的自己是否成為哈迪斯的絆腳石了。
「吉兒，我開門嘍。」
開門的聲音響起。吉兒決定乾脆裝睡，藏起自己的動靜。
「我聽齊克說了……他說龍抓傷妳。」
悄悄靠近的哈迪斯似乎根本沒注意到吉兒正在裝睡，在床鋪邊緣坐下。
「剛剛我跟拉維討論過——少囉嗦，那是討論啦！我是否能夠提出好的選項？」
跟龍神討論，感覺像作弊。既然那麼想，只能繼續裝睡。
「而且選擇的人不是我，要做出選擇的是妳。事情就是這樣，吉兒，可能會很難決定，但希望妳聽聽看。」
要裝睡啊，裝睡。如此提醒自己的吉兒決定保持沉默。

「乾煎、燉煮、清蒸、火烤，妳覺得哪種好？」

「那些是什麼選項啊？」

看到吉兒彈起身，哈迪斯輕輕笑了。

「還問什麼，當然是那頭不知天高地厚抓傷妳的紅龍——住嘴拉維，我要殺了牠絕對要殺了牠一定殺了牠，這是龍帝的決定。剩下的就是選擇如何調理和調味方式而已。」

「請等一下，龍是能吃的嗎？不對，吃了不會有問題嗎？」

「當然沒問題——都說不要吵了，拉維！龍也有肉，所以應該是能吃的！牠可是傷了吉兒，今生除了成為美味的極品料理外，沒有其他贖罪方式了！」

似乎能聽見拉維喊著「哪有這種贖罪方式啊」的吉兒也慌了起來。

「陛下！我、我沒事的！只是擦傷程度，還有稍微嚇到而已！」

「但齊克說妳連便當也沒吃！全都是那頭龍害的，那可是裝滿我愛情的便當！而且還附有甜點——閉嘴，比起龍我認為吉兒更重要也更可愛！啥？要是龍帝想著要龍死，龍可能真的會死？反正祢一定會從我手上保護龍吧，那我當然要保護吉兒啊！」

「我沒有問題，請陛下冷靜。不要和拉維大人吵架了。」

「吉兒是我選的妻子，不會讓人對她說三道四！拉維，即便是祢也一樣！」

正想著可以從哪裡插話的吉兒，腦筋頓時一片空白。隨後感到羞恥。

（啊啊，真是的，真討厭自己那麼單純。）

而哈迪斯本人對於自己從口中說出了什麼似乎沒有自覺，正全心全意地持續與拉維爭論。

「才不管什麼龍妃的試煉！反正只要不是岳父或岳母，欺負我妻子的人我就把他變成食材！祢不高興就去找我以外的人當容器如何？這個肥胖的假蛇——」

吉兒緊緊抱上去，正在跟拉維互罵的哈迪斯停了下來。她明明是張開雙手以整個人衝上去的氣勢抱住他的，他卻動也不動。都是因為沒有魔力讓力氣也變小了。現在她以全力緊緊抱著他，他也能承受住，強壯的身體與力量令人感到可靠。

「陛下。」

「嗯，什麼事，吉兒？」

「喜歡你！」

她抬起臉用直率地眼神往上看，在短暫的沉默後，哈迪斯的頭上突然「砰」地冒出熱氣。

「怎、怎麼了？為什麼突然這樣說？」

「我沒有問題的！就算無法和牠們處得好，要揍牠們還不成問題！」

自己剛剛為何會變得那麼軟弱？如此心想的她揮著拳，從床上一躍而下。

（就算人生重新來過，也未必所有事都會順利，這是當然的。我不能太過自負。）

不能忘記自己該做的事。吉兒的目的不是成為龍妃。

而是要讓哈迪斯變得幸福，龍妃的地位只是手段而已。

「為了不被龍騎士團開除，我會再努力試試。啊，我肚子餓了，我要吃便當！今天的晚餐是什麼？」

「呃……是包了蔬菜和絞肉餡料的派……」

「真的嗎？真期待呢！」

「妳、妳的傷勢呢？」

「沒問題，我已經恢復了！多虧了陛下。」

她舉起兩手握拳給哈迪斯看，哈迪斯紅著臉，視線游移著不知道要放哪裡。

「是、是嗎？那就太好了……那個、但是剛才的……」

「關於龍的選項已經不重要嘍！我決定好一個目標了。」

吉兒抬頭望著坐在床上的哈迪斯，他一頭黑色頭髮和美麗的金色眼睛。吉兒的丈夫無論何時都美到讓人想向世界炫耀。

「我想要金眼的黑龍。」

哈迪斯的手指摸摸下顎，認真地思考起來。

「金眼的黑龍啊，我也還沒見過呢……拉維，在哪裡能找到？……居然不告訴我……食材的事就算了，快告訴——拉維問妳為什麼想要牠？」

「因為跟陛下的顏色相同呀！我想騎！」

哈迪斯看著探出身體的吉兒，他的眼中只有吉兒的身影倒映其中。

吉兒總是為此感到開心。

「所以我會努力，請為我加油喔，陛下！」

既然那麼決定，就沒有空沮喪了。就算是白做工，也要為往後的事多做考慮。

吉兒重新拿起便當，踏著輕快的步伐走出寢室。

留在床上的哈迪斯，愣在原地目送著吉兒的背影。

能恢復精神真是太好了，他雖然那麼想……

「……她說跟我一樣，又說想騎。」

哈迪斯「砰」地倒在床上，用雙手遮住紅透的臉苦惱不已。

「……我知道，拉維，我知道不是那個意思！不要笑，我也沒有想像，小心我真的把龍變成食材喔！啊啊真是的，不行……龍真的太沒有情緒了……」

腦袋中的拉維還在吱吱喳喳地說些什麼，但為了讓心跳恢復平靜，哈迪斯一邊深呼吸一邊閉起眼睛。

（說起來很奇怪啊，雖然因為她是龍妃所以龍不會輕易認可，然而面對那麼優秀的龍妃卻沒感到一絲心動——啊啊不過這樣也好。）

不管任何時候，她總是不會讓自己失望。從喉嚨深處發出笑聲的哈迪斯，幻想著吉兒乘坐在金眼的黑龍上在空中翱翔的情景，不禁因那幅凜然的氛圍而語塞。

重新整頓好心情，視野也跟著廣闊起來。

齊克應該會被判定具有龍騎士的特質。如果和龍的契合度好，無論是進出龍的廄舍或與龍接觸的機會都會增加。相反地，吉兒應該會被派去進行處理輔助騎士團的雜務。負責的領域不同，自然就會兵分兩路。

仔細想想，這個事態發展對於蒐集情報而言，真是再剛好不過了。

看著高興的吉兒，齊克站在原地說道：

「既然如此，我也去做輔助工作。這是當然的，我是妳的騎士。」

「我是陛下的妻子。接下來可能連龍騎士學徒都會派去進行搜索也說不定。我們一起把龍騎士團的戰力和帝都的情報弄到手吧！」

「聽好，我是妳的騎士。」

「我是陛下的妻子。就這麼決定，拜託你了。萬一我們的身分遭揭穿，是你所處的環境會比較危險喔！因為你要深入到龍騎士團的內部。」

雙手交叉於胸前的齊克思考很久之後，像是放棄爭論般搔了搔後腦。

「我知道了，但妳不能太過逞強啊！經歷昨天的事，一定會有瞧不起妳的笨蛋出現，說妳只是有點本事，沒有成為龍騎士的資質。妳的待遇可能會有變化。」

齊克的擔憂，某方面而言說對了。

「請問今天要做巡視嗎？」

「嗯，要派妳去鎮上巡邏。」

「是，教官。請問我不能參加訓練嗎？」

「沒錯。在城鎮中央的噴水池廣場有其他班的人正在等待，妳聽他們的指揮。去找戴學徒臂章的人就好。」

一旦被判定沒有成為龍騎士的資質，接下來的訓練似乎都不能參加了。

（由能成為龍騎士的人開始教導怎麼接觸龍，這是理所當然的判斷。）

軍隊中為了讓大家習慣全體行動，在實習期間會平等的對待每個人，但這裡是龍騎士團。想到狀況和自以為的不同，吉兒抿起嘴唇。

聽到身後傳來忍笑的聲音，但還是挺直背脊，熟練的敬禮。

「領命！我立刻去巡邏。」

「下午的課程要準時，記得中午就要回來——下一個！」

被叫到名字的人，身體抖了一下後臉色變得慘白。應該是和吉兒一樣，龍回饋的反應並不好的人。吉兒對著似乎想說什麼的齊克悄悄地搖頭，便走出了訓練場。

既然還能上課，就表示沒遭到開除。不過她認為今天應該有幾個人，就算到了中午也不會回來了。

（龍騎士團的情報交給齊克，我就蒐集街坊市井的情報。）

問題是，不知噴水池廣場上有什麼等著她。有其他班的人就表示，應該有其他被判定成為龍騎士資質較低的人聚集在那裡吧。

雖然她不認為被稱為是菁英的龍騎士團當中，會有無聊的霸凌或米蟲部門囂張橫行，但從上到下都正直清廉的組織並不存在。不管哪裡都有冷板凳部門。

學徒並沒有配給制服，只有臂章可以當做識別。抵達噴水池廣場的吉兒環視周圍一圈，眨了眨眼。

之前考試時龍踏碎的噴水池邊緣，有個人正坐在那裡看書。那個人的左手臂上，戴著與吉兒同樣都是代表學徒顏色的淺藍色臂章。

「請問……」

上前問話後，坐在噴水池旁邊的人抬起頭。

白色的肌膚、白金色的頭髮，加上穿著簡樸的白色襯衫，將透著藍的眼瞳襯托得更加清晰。

他以一種稱為青年太過年輕，稱為少年又太過老成的模樣看向吉兒。露出的笑容充滿柔和，完全沒有騎士那種豪放的感覺，但那冷靜沉穩的眼神，既深邃又敏銳。

「哦，妳就是前陣子入團的女孩子吧，我有聽說妳的事喔！小小年紀就很有本事。」

他偏高的聲線溫柔響起。

然而絕對不能大意。吉兒認得那雙充滿智慧的眼神——距離現在起的六年後，她熟到幾乎感到厭煩的地步。

「我叫做勞倫斯，請多指教。」

她回握了他伸出的手。但沒將「你怎麼在這裡？」問出口。

「我是吉兒，請多指教。」

「妳叫吉兒啊，真是好名字。」

他明明察覺到吉兒真實的身分也不奇怪，卻完全沒顯露任何異樣的笑著。

這人就是那種心思深藏不露的人物。她非常清楚。

因為他正是吉兒以前的副官。而現在他應該是傑拉爾德・迪亞・克雷托斯王太子的部下。

勞倫斯・馬頓與吉兒原本是在進入傑拉爾德為了與拉維帝國打仗，而建立的士官學校不久前相遇的。

吉兒成為傑拉爾德的未婚妻後，立刻接受了新娘教育，但傑拉爾德在大約半年後告訴她「妳比起當淑女，更適合當軍人」轉換了方針，吉兒的仕途就這麼定下。傑拉爾德想在正規軍以外，打造一支直接隸屬於王太子又擁有高強魔力的游擊隊，並且希望吉兒擔任隊長。原是傑拉爾德部下的勞倫斯成為副官候選人，也一起進入士官學校，經歷一年左右的嚴格訓練後從軍。這個異常快速從軍的特例，正是傑拉爾德有預計開戰的意圖。

現在回想起來，勞倫斯那時也兼任監視吉兒的工作吧，他在某些地方會劃清界線。然而如同傑拉爾德的預測，在她畢業不到一年便與拉維帝國開戰，在初陣與數度跨越死線後組成部隊時，他便名副其實地成為吉兒的副官。

勞倫斯不但劍術的實力普通，魔力量也在平均值以下，在克雷托斯屬於後段班，不過他有足以彌補魔力稀少的智慧與知識量。勞倫斯總是表現沉穩，與人交際時展露恰到好處的柔和笑容但不展現自己內心想法，忘了是齊克還是卡米拉，因此為他取了狸貓軍師的綽號。即便如此，那個六年後的未來中，吉兒有信心比起傑拉爾德，他選擇了自己。

然而那些都是因為在那個未來中，他們所建立的信任關係，現在他毫無疑問是傑拉爾德的部下。而他現在在這裡表示——

（這傢伙連偽裝成間諜的工作都做啊！他和傑拉爾德大人年紀相同，現在才十五歲左右吧？啊啊真是的，以前如果有多問問他當傑拉爾德大人部下時的事就好了……都是因為我的部隊當時不過問大家的過往……）

拉維帝國出身的卡米拉與齊克，自己也是最近才了解他們的過去。在人事管理上可能太過隨便了。

可是，那並不讓人感到後悔。說來這個有保密主義又有怪癖難以相處的男人，她也不認為直接問他會誠實回答。

不如說，正因為吉兒知道勞倫斯真正的身分，反而更該思考如何讓自己居於有利情勢。

「吉兒啊，我記得這名字和薩威爾邊境伯爵的千金一樣呢！妳知道她嗎？」

——不，可能也不是那回事。

「是、是喔～！原來有那號人物啊，我不知道呢！話說回來，其他人呢？」

看著吉兒視線飄忽不定地回答，勞倫斯笑了。

「喔，我是一個月左右前入團的，但是最近大家突然都不來了。那麼妳也是一個人？其他人呢？」

「是有其他人也被點名來這裡……果然來到這裡就是落選了嗎？」

「妳年紀小小的，倒很敏銳呢。不過跟妳想的不太一樣——時間到了，我們去巡邏吧。」

拿著書站起身的勞倫斯先踏出了步伐，接著配合追上來的吉兒調整步調後，繼續說道：

「和龍的契合度好的學徒，會開始負責照顧龍。現在判定適性不怎麼樣的學徒，就會像這樣派來巡邏城鎮，熟悉這片土地。」

「熟悉……這片土地？」

「這是我根據課程發展出的自我理論，龍的存在關乎拉維帝國的領土問題。在龍神拉維所護佑的天空下，龍才會誕生與成長。龍討厭魔力的事，是因為神話中敵國的克雷托斯擁有強大魔力的人很多，可能是基於防衛本能才會討厭魔力。所以擁有『想要保護這個帝國』、『想要保護這個城鎮』這種強大意念的人，龍才會容易親近。」

「啊，原來如此，所以才需要進行城鎮巡邏啊。」

也就是透過看著人民的面孔、產生對城鎮的愛護之心，與龍之間的契合度是有可能改變的。

「這是我自己的理論，不要太相信比較好。」

「不，你說得非常淺顯易懂，也就是看是否有愛國心的問題嘍！」

照那麼說來，來到拉維帝國當間諜的羅倫斯與龍的契合度差是理所當然了。

（難道我被討厭也是因為那樣的原因嗎？我並沒有打算攻擊拉維帝國……但假設過去的事也有關……那就有太多原因可追溯了。）

過去曾經不知擊落過多少頭龍，也曾攻入拉維帝國內部。以及在艾琳西雅死亡後，占據這座因繼承者之爭引起混亂的堡壘城市，也與為了奪回這裡的拉維帝國軍對戰。那些事雖然現在都還沒有發生，但全都留在吉兒的記憶當中。

「非常困難呢……」

「妳果然很想成為龍騎士啊？」

「不如說，我非常想要金眼黑龍。」

勞倫斯的眼睛睜得圓圓的，隨後不禁笑了起來。

「真了不起的目標啊！但光要找到牠就很困難了，連拉維皇族都未必能見到。」

「話說回來，帝都那邊現在好像相當騷動不安。」

吉兒以閒話家常的態度巧妙地試探，勞倫斯乾脆地點點頭回答：

「妳是指哈迪斯・提歐斯・拉維是假皇帝的事吧？傳聞說天劍是假的，諸侯們為了想辨明真偽，正派底下的人搜索哈迪斯・提歐斯・拉維，而事實上他們都無法決定要站在哪一邊，所以正在觀察情勢吧。」

「咦，是這樣嗎？」

吉兒一直認為他們會落入格奧爾格手中，勞倫斯看著她露出苦笑。

「大家很好奇啊，在哈迪斯・提歐斯・拉維的二十歲生日那天，格奧爾格前皇弟殿下是否會成為一具屍體。」

「啊……」

是哈迪斯成為皇太子前，一直持續著在他生日當天有皇太子死去的那個詛咒。事實上那是女神為了孤立哈迪斯所找的麻煩，不過周圍的人都以為是因為哈迪斯而引起的詛咒。

「我不清楚詳情，但那不是能輕易遺忘的恐懼。所以我認為在夏天結束前，他們不會成為哪一方的盟友，應該會曖昧行事。」

哈迪斯是夏天出生的啊。每當知道這麼基本的事情，就會想起自己跟他的相處還不深厚。

（原來如此啊，因為害怕詛咒，所以將判斷保留到夏天。該說是因此得救了嗎……）

簡直像是女神保護了哈迪斯一樣啊。這讓她超越憤怒等級，湧起了殺意。

八成是焦躁的情緒顯現在臉上，稍微領先走在前面的勞倫斯疑惑地眨眨眼。

「妳怎麼了？為什麼那副表情？」

「請不必在意。我明白你說的狀況了。難怪懸賞單到處發放，卻沒有人積極派出搜索隊。我還以為差不多要被派去四處進行搜索了。」

「這裡對於政治上的紛爭，保持中立的時候居多，所以我認為對搜索的態度也會比較消極。正因為如此，為了確保這裡的安全，更需要菁英騎士團。」

所以，龍騎士團並不是為了搜索哈迪斯，而是為了確保立場能夠保持中立，才臨時招募學徒以增強戰力。

（不過以前擊潰那個菁英龍騎士團又將他們逼入絕境的人，就是我跟你呀！回想起來，這傢伙當時對龍的生態那麼清楚，就是因為在這裡當過間諜啊！）

根據龍活動的時間限制與習性擬定出策略，擊毀大半艾琳西雅龍騎士團的人正是勞倫斯。雖然勞倫斯說，吉兒能靠拳頭就擊敗龍比較奇怪。

「但是龍騎士團必須有優秀的後勤。像補給部隊之類的特別重要。」

「哦，所以就算和龍的契合度不好，也不會立刻開除啊！」

「沒錯，即使現在龍不屑一顧，只要課程好好學習，漸漸能順利地照顧龍的學徒就會率先任命為龍騎士，這種事並不少見。也很常聽到有騎士馴服了誰都無法駕馭又難以捉摸的龍，其實是由補給部隊出身。所以我們並不會被開除，而是會派到這裡，但那種不夠聰明無法找出自己特質又無法堅持不懈的人，會很容易放棄。」

「所以你才說雖然是落選，但又不一樣——你說的那番話，不如說給其他人聽聽吧？」

「那些只是我自己的理論啊。再說實際的問題是，眼看著同期的人很快派去照顧龍，而自己卻派來巡邏，簡直就是一連串的屈辱。對那些依循正規道路朝著龍騎士邁進的傢伙來說，做這工作經常會被取笑為鎮上的打雜工。」

「不管哪個工作都是有必要的，這樣區分優劣太蠢了。」

然而學徒就是這樣吧，士官學校裡也有發生那種無聊的霸凌，只能靠自己悟出自我驕傲和無力之處，成為獨當一面的人。

勞倫斯在吉兒身邊停下腳步。

「勞倫斯……先生？」

「叫我勞倫斯就好，我們幾乎是同期吧，吉兒——事實上，有個傳聞喔。」

勞倫斯露出別有深意的溫柔笑容，吉兒不禁往後退了一步。

（我知道，這傢伙露出這種表情的時候，就是獵物落入陷阱的時候！）

「傳聞會妨礙正確情報的蒐集，所以你不必說！」

看著遮住兩耳高聲喊道的吉兒，勞倫斯愣住了。隨即嘴角露出笑容，伸手拉開她的兩手。

「你要做什麼？」

「別那麼說嘛，聽聽看。諾以特拉爾公爵家——有關艾琳西雅團長不派出搜索隊的理由，聽說還有另一個傳聞。」

「我不會聽，也聽不到！」

「妳要繼續那麼說就隨妳。事實上，現在從克雷托斯來了某位——」

正想著怎麼突然有陰影，便看見一雙巨大翅膀隨著風和影子盤旋著。是龍。想著「得救了」的吉兒，看著上空換了話題。儘管看不見龍的眼睛顏色，但鱗片的顏色倒還能分辨。

「是紅龍呢，是艾琳西雅大人嗎？」

「不對，現在應該是她帶學徒參觀廄舍的時間。」

雖然疑惑他怎麼會知道，但深入詢問恐怕會引蛇出洞，於是吉兒隨著對話順勢聊下去。

「那就是其他龍騎士了。沒想到有那麼多紅龍呢！」

「才沒那麼多。現在擁有紅龍的人只有拉維皇族的三公爵而已喔！」

「喂！那邊的兩個人！」

才以為聲音從上空傳來，就有個人影落下來。看著心裡一驚的同時，從龍身上躍下的那個人已經俐落地降落在地面上。

（身體核心真強，魔力也……這在克雷托斯也算相當高了。）

擁有這麼高魔力的人在拉維帝國非常稀少吧。那人一邊拍去身上的灰塵，一邊像什麼也沒發生般站起，吉兒專心地看著他。

「你們是諾以特拉爾龍騎士團的學徒吧？」

那位青年看了吉兒與勞倫斯的臂章問道。在吉兒他們開口回答前，上空的龍發出像是責備的鳴叫聲。

那位青年皺起秀麗的眉毛，對著上空提高音量。

「布倫希爾德，抱歉，你先去廄舍那邊吧！我稍後會去露個臉。」

那頭龍看起來不是很高興地鳴叫一聲後，停止盤旋飛走了。看著龍離開後，青年終於重新看著他們。

他整齊修剪的深紫色頭髮隨風飄起，銀色的眼瞳看著勞倫斯與吉兒後瞇起。那雙彷彿在檢驗商品般的高壓眼神，意外地擁有不會讓人感到不快的氣質。

「我需要你們去通報，我急需見艾琳西雅皇女殿下。她現在擔任龍騎士團的團長吧？」

「恕我冒昧，請問您是哪位？」

態度極度有禮的勞倫斯讓被詢問的青年臉上一瞬間顯露不悅之色，但隨即無可奈何地搖頭，將手放到自己胸前。

「是我失禮了，我叫作里斯提亞德。里斯提亞德・提歐斯・拉維。」

勞倫斯的眉尾抽動了一下，看來是他不認識的人。

吉兒也沒看過那張臉，他與艾琳西雅不同，沒在戰場上看過他。

「也可以說我是拉維帝國的第二皇子。雖然是異母手足，但弟弟來見姊姊，總不會說不讓我們見面吧？」

至於為什麼沒見過，因為他在開戰前就死了。

他對異母兄弟哈迪斯的做法提出異議並發動叛亂而遭到處決。

吉兒帶著里斯提亞德前往艾琳西雅的辦公室，正當她要離開時被艾琳西雅叫住。

「喔，妳能留在這裡嗎？」

「什麼？我在場沒問題嗎？」

面對吉兒的反問，艾琳西雅臉色稍微鐵青地點點頭。

「這裡需要妳伺候，而且等一下我有話跟妳說——最重要的是，這傢伙太囉嗦了。」

「恕我直言，艾琳西雅異母皇姊，難道妳把我當成麻煩人物嗎？我數度寄出書信卻完全沒收到回音，難道妳是故意不回的？真沒想到貴為拉維帝國第一皇女的艾琳西雅皇女殿下，居然會做出那麼卑劣的行為。」

「妳看，他很囉唆吧。我沒辦法一個人面對他。」

就算被徵求認同，吉兒也只能一臉無奈以對，看來要恨只能恨行了禮就走的勞倫斯。

（不過，勞倫斯居然那麼乾脆地離開，裡面該不會有放竊聽器之類的……不，那麼做艾琳西雅殿下或里斯提亞德殿下會發現。）

如果可以，吉兒不希望放著勞倫斯獨自行動。他與卡米拉或齊克不同，勞倫斯是克雷托斯王國出身，是正統的貴族。光是能成為傑拉爾德的部下，就代表他相當有能力與內情。正因為之前的交情夠久，也更明白若他成為敵人會有多麻煩。

話雖如此，現在還是以眼前的狀況優先。正當吉兒打量著四周，準備做伺候的工作時，里斯提亞德已經一副熟門熟路地在架上物色完，並泡好了紅茶。

接著他坐在接待客人的沙發上喝了一口紅茶說道：

「皇姊的茶葉還是一樣難喝。」

「你自己擅自泡來喝還敢抱怨。能喝就好吧，這裡又不是宮廷，是騎士團。」

「我的龍騎士團裡總是備有最高級的茶葉呢！」

能用這種隨性的口吻對話，正顯示他們彼此有相當程度的交流與信任。

（陛下的哥哥姊姊感情很好呢……難道只有陛下排除在外……）

吉兒一邊望向遠方，一邊站到出入口頂替護衛的守備工作。

「我就直接問了，皇姊。妳打算站在哪邊？」

「我說你啊，雖然吉兒是龍騎士學徒，但她還在耶！稍微留意一下周圍狀況吧！」

「若是不懂守密義務的學徒，我建議妳立刻除掉她比較好喔！」

吉兒被他瞥了一眼，為了表示自己明白，趕忙向他們點了好幾次頭。這種場合說的「除掉」肯定不是指工作方面而是身體上的砍頭（註：首を飛ばす。同時有斬首與解僱之意）。

「再說，我並沒有問什麼會讓人困擾的事。皇叔自稱為新皇帝，將那個笨蛋假皇帝從帝都流放出去的事，拉維帝國內現在已經無人不知無人不曉。報紙都擅自命名為『假皇帝騷動』連日大肆報導，三公爵與各諸侯們都戰戰兢兢，觀察著要追隨皇叔還是那個笨蛋。」

（那個笨蛋，說的是陛下嗎？）

不過，里斯提亞德的語氣與其說他視哈迪斯為敵人，不如說隱含斥責。

「那我也問，你要跟哪一邊？」

「就算我想下決定，但那個笨蛋現在不知所蹤啊！」

「咚！」里斯提亞德的拳頭捶在桌上。

「皇叔雖然下令搜索，但沒有任何人正式行動！大家光是顧著擔心若派出搜索隊就是表態支持皇叔，可是問題不在那裡啊，應該要讓那個笨蛋站在與皇叔對等的檯面上好好議論一番！」

「別說些不可能的事。你實際又怎麼想？皇叔和哈迪斯手上的天劍，哪一把才是真品？」

「哈，那個在邊境的笨蛋把消失了三百年之久的天劍帶回帝都了。到現在才說那把是假的，皇叔手上的天劍是真的？哪有那麼巧，拉維皇族的寶劍一下變成假的，一下又說找到真的，真是太愚蠢了。」

「照你的說法，哪一把才是真的，心裡已經有答案了。」

看著苦笑的艾琳西雅，原本感到鬱悶的里斯提亞德沒了氣勢。

「……儘管他是個跟我八字不合的鄉下人，但他就是龍帝，絕對沒有錯。」

「說得很對，我也認同呢！那孩子就是龍帝。」

艾琳西雅在悄悄睜大眼睛的吉兒面前點點頭回道：

「先說好，我可不會因此就認同他是**皇帝**。誰要承認那個連帝都被占據了還假裝不知道又躲起來的笨蛋。不想當皇帝不如現在就讓位給我！」

「你和哈迪斯的年紀不是一樣嗎？以年紀順位來看，也是維賽爾優先啊！」

「我大他兩個月，加上身分的考量，輪到我很合理喔……只要那麼做，那個笨蛋弟弟就不用因為突然從邊境被帶回來又沒靠山，還要受繼承皇太子還是皇帝這些事耍得團團轉了。」

吉兒專注地看著里斯提亞德以不滿的表情嘀咕著，心裡很感動。

（雖然他說話很尖銳，其實人很好啊！這裡不就有同伴嗎，陛下……！）

艾琳西雅說話的態度也沒有感受到敵意。

只要能將事情說清楚，應該就能讓這兩人成為盟友吧。只要這麼做，哈迪斯就不會只想要留在那裡辛勤種菜了。先不管他本人很享受那樣的日子，不如直接在這裡試探看看好了。

「而且聽說那個笨蛋結婚了耶！明明沒有靠山，也不知道是什麼來歷不明的人，而且還是個孩子！那個笨蛋真的到底有多……一想到他可能甚至有戀童癖，我就覺得好丟臉啊……！」

「嗯……那件事連我也覺得不是很好……不過，只能希望是有什麼誤會。」

氣氛開始變得無法將事情說出口，吉兒決定還是別開口。

「不管怎麼說，無論是我還是你，都無法成為哈迪斯的盟友吧。」

聽到艾琳西雅斬釘截鐵地那麼說，里斯提亞德抬起了眉毛。

「就算知道那個笨蛋就是龍帝嗎？」

「不需要我說吧，里斯提亞德。我的母親是諾以特拉爾公爵家的公主，你的母親是萊勒薩茨公爵家的公主。皇叔無法輕易對我們出手，正是因為我們背後有諾以特拉爾公爵和萊勒薩茨公爵做為後盾。」

「沒有錯，我們跟那個笨蛋不同，繼承了三公爵的血脈，是正統的拉維皇族。正因為這樣，我們不能放任皇叔那種狂妄的行為不管。」

「可是諾以特拉爾公爵和萊勒薩茨公爵都不承認哈迪斯，他們兩人的皇太子——孫子都過世了，也就是我和你的哥哥。」

雖然早已從哈迪斯那裡聽說這些事，但那個才剛浮現的希望似乎轉眼間被擊碎了。

（那個女神，早知道那時候就該再多折斷一次！）

想到祂現在可能在某處高興地笑著就令人火大。

「……皇叔應該對於找不到哈迪斯開始著急了，我那裡也收到施壓的消息。皇叔可沒像那個笨蛋那麼鬆懈，是非常嚴謹的人，為了正統性應該可以不惜有所犧牲。一旦撐過那個笨蛋的生日——夏天，情況只會變得更膠著。當然也有可能在夏天之前，皇叔就因為詛咒之類的而死亡。」

「大概多虧那把天劍，皇叔可能有可以活過夏天的計策吧。所以我推測他可能因此決定趁現在出來宣布當皇帝。」

「那他為什麼不趁那個笨蛋即位之前，在皇太子一個接一個因為詛咒而死去的那段時間，以皇太子身分出來宣布自己才是真正的龍帝？皇叔的做法太卑劣了。」

里斯提亞德義憤填膺地說完這段話，艾琳西雅瞇細眼看著他，並將手托在下顎。

「……我明白你的心情，但要看清現實啊！你沒辦法站在哈迪斯那邊吧？你的母親和妹妹都在帝城裡。」

先不論周邊其他狀況如何，帝都現在在格奧爾格手中，若里斯提亞德表態與格奧爾格刀刃相向，他留在帝城裡的妹妹和母親應該不可能平安無事。

里斯提亞德咬牙切齒，為了平息他的怒意，艾琳西雅繼續說道：

「我明白你所說的意思，至少要讓哈迪斯到檯面上才能幫他對吧？我們家基本上是中立的，我也沒有牽掛，與你不同，沒有人留在帝城裡。我的皇兄與母后都早就過世，也沒有其他同母的兄弟姊妹。」

艾琳西雅自嘲地分析，里斯提亞德垂下眉尾一臉沮喪。

「——我不是那個意思。只不過如果皇妹決定成為哈迪斯的盟友，我……」

「我不會與他為敵。能答應你的只有這點。」

這段話很耳熟，吉兒心中一緊——這個人曾說過類似的話，最後選擇了自殺。

「吉兒。」

「……咦，是！」

「抱歉，讓妳聽我們聊了那麼久。關於昨天羅薩的事，我有話要說。首先，我要向妳道歉，對不起，羅薩那樣對妳。妳沒有受傷真是太好了。」

話題焦點突然轉向吉兒讓她感到困惑，但她還是搖了搖頭。

「不會，我才該道歉……那個……我的契合度太差，讓您費心了。」

「別在意。我也嚇了一跳，沒想到羅薩會對妳做出威嚇的行為。」

「……威嚇？羅薩嗎？」

原本抿緊嘴唇低著頭的里斯提亞德忽然將目光轉向吉兒。

「皇姊，妳說的是真的嗎？紅龍居然威嚇這麼小的孩子？不是警告嗎？」

吉兒發現他驚訝的態度很不尋常而眨著眼睛。

「看來我非常被龍討厭……啊，但我很喜歡牠們！」

「牠是紅龍耶，一般人都是無視而已。難道妳是那種看不慣路邊的石頭會把它踢走、甚至做出威嚇的人？」

「不，我不會那麼做……」

「那是一樣的道理。」

原來對紅龍而言，人類就像是路邊的石頭啊。

「這表示……是怎麼回事呢？」

「學徒中很多人誤會，但羅薩會威嚇妳，表示牠認為妳是同樣等級的對手，或者認為妳對牠是威脅。」

在呆愣一陣後，吉兒指向自己。艾琳西雅點點頭表示肯定。

「因為紅龍對人類做出非常罕見的行為，所以後方支援以研究為主的部隊想要驗證這件事。因為極可能會有被羅薩攻擊的危險性，所以我不會勉強妳，但若他們去找妳，希望妳能幫忙。」

「皇姊，難道……」

艾琳西雅伸出一隻手制止話說到一半的里斯提亞德，繼續向吉兒說：

「當然了，為了在發生任何萬一時能隨時喊停，我也會在場。妳認為如何？」

「……好，如過那麼做能幫上一些忙。」

「謝謝。那麼，當有需要時會由我找妳過來——」

「不必那麼慢吞吞，還有我啊，皇姊，不如把她交給我如何？」

剛剛為止還垂頭喪氣的里斯提亞德，現在颯爽地站了起來。

艾琳西雅表情轉為嚴肅，站起身彎腰對他說：

「她是我龍騎士團的學徒。」

「那又如何？我告訴妳，皇姊，我還沒放棄說服妳喔。既然如此，我留在這裡的期間，皇姊就得派護衛或侍從給我了，因為我當然連一個護衛或侍從都沒帶來。」

「居然說得那麼理直氣壯。反正你一定是不顧部下的阻止就自己飛過來了吧？我立刻派龍去聯絡他們來接你回去。」

「但再怎麼快至少也要花兩天，這段期間就麻煩妳讓她負責照護我啦！」

里斯提亞德完全沒看正驚訝地看著自己的吉兒一眼，繼續說：

「剛剛龍的驗證的事也是，我在場就一石二鳥啦！布倫希爾德是金眼的紅龍，比皇姊的羅薩等級還要高，這樣妳沒有不滿吧？」

「里斯提亞德，不要擅自決定事情。你到底有什麼企圖？」

「企圖？只是想為忙碌的皇姊分憂解勞，這是弟弟的體貼唷！難道皇姊有什麼會因為我插手幫忙而感到困擾的企圖？」

艾琳西雅第一次露出煩躁的模樣瞪著里斯提亞德。抬著下顎將視線往下看的里斯提亞德一臉事不關己，甚至帶著些得意。

先把眼睛別開的是艾琳西雅。她重新坐回辦公椅然後咂嘴。

「……隨你高興。」

「感謝溫柔的皇姊。那麼就拜託妳了喔！」

「咦……啊，是！」

吉兒挺起背脊敬禮後，里斯提亞德滿意地點了點頭。接著理所當然地從吉兒打開的門走了出去。那是習慣有人伺候的舉動。

「我告退了，艾琳西雅團長。」

「嗯，吉兒——抱歉了，**弟弟**就拜託妳了。」

吉兒一時覺得似乎話中意味深長而抬頭一看，艾琳西雅只是平靜地微笑而已。吉兒盯著她的表情後低下頭，趕緊追上里斯提亞德。

「妳還是學徒吧？那就表示妳對龍騎士團基地裡的狀況還不熟悉了，跟我來吧。」

如此說道的里斯提亞德邁開步伐走在吉兒前面領路。

（這、這樣好嗎？好像變成我才是被帶領的人了。）

而且他配合步寬不同的吉兒放慢腳步前進。是名紳士。

「里斯提亞德殿下，您對這裡面的狀況很清楚嗎？」

「因為我曾在這裡入團，大約一年左右。」

「皇子殿下入團嗎？」

「我想要一支直屬的龍騎士團，所以無論如何都想先來看看。說起諾以特拉爾龍騎士團，可是拉維帝國裡菁英中的菁英，除了直接從裡面學習，沒其他辦法了。也多虧如此，我也交了很多可以稱為朋友的同伴，現在我的副官就是當時的同期。」
「……那不就等於是從這裡挖角嗎……」
聽到吉兒喃喃自語，里斯提亞德轉過頭咧嘴對她一笑。
「對諾以特拉爾騎士團而言，也是很好的學習經驗喔！哈哈哈！」
做了那樣的事還敢在這裡出沒，真是有膽識。但被他問心無愧的態度以對，應該也無法憎恨他。在走廊與數名似曾相識的龍騎士面孔擦身而過時，都苦笑看著里斯提亞德。當中也有明顯帶著疑慮或敵意的眼神。
「那傢伙怎麼和里斯提亞德殿下走在一起？她應該要巡邏才對啊。」
往龍的廄舍方向走到外面時，那些話突然傳入耳裡，吉兒發現是自己誤會了。那些敵意與疑慮的對象是自己。
正在搬運稻草的學徒當中有一些人發現了吉兒，對她投以銳利的眼神。齊克停下手中的工作提高音量：
「怎樣都無所謂吧，快工作！」
然而竊竊私語和竊笑聲沒有停下。
「難道她被挖角到萊勒薩茨騎士團了？」
「怎麼可能啊，應該是要去當殿下的女僕吧？」
「啊啊，畢竟是女孩子嘛～只要用點美色，工作要多少有多少。」
「那邊的學徒們，有話想說就到這裡來直接對我說。」

里斯提亞德突然提高嗓門說道，周遭變得一片寂靜。

里斯提亞德轉身回過頭，盯著在一片寂靜中工作的學徒們。

「是我要她為我帶路，所以你們有任何不滿應該要對我說，不是嗎？」

「……」

「怎麼了？不過來嗎？不必因為我是這個國家的第二皇子就有所顧慮。」

「請問……那我能說嗎？」

有隻手緩慢舉起，是齊克。吉兒用力搖頭向他表示自己無所謂，但齊克還是抬頭挺胸地走到里斯提亞德面前。

（齊克，你想說什麼啊！）

在大家戰戰兢兢地觀望中，齊克看著里斯提亞德的眼睛開口：

「假如讓她伺候，她會端出難喝到令人覺得不該存在於這世上的茶來，請務必小心。」

另一種沉默在當場蔓延開來。原本等著處理抱怨的里斯提亞德也不禁眨眼。

「……這樣啊……你是她什麼人？」

「我們只是同期。請不要被她帶的便當騙了，她本人真～的連裁縫或家事都不會，這點我確認過了。只是想讓你知道，她是最不適合照顧人的人。」

「原、原來如此……知道了，我會留意。謝謝你的忠告。」

吉兒低著頭輕輕地笑了。

（今晚就讓你吃我做的料理。）

當然了，吉兒自己要吃哈迪斯做的美味料理。

「不過她的劍術實力首屈一指，為了您的安全請不要太小看她。」

大概是想補救一下，齊克最後低聲說完後，便回到工作上。

（那傢伙到底想做什麼？不過氣氛不同了。）

學徒們像什麼事也沒發生般重新開始工作。里斯提亞德將手靠在下顎，往下看了吉兒一眼。

「牽制和警告啊……妳和他真的只是同期嗎？」

「咦？對，因為我外表這樣，他經常關心我。」

里斯提亞德從鼻子哼了一聲後轉過身。

「算了，我們走。」

「那個，里斯提亞德殿下！剛剛非常感謝您為我打抱不平。」

「我只是說了理所當然的話，並沒有做什麼值得讓妳道謝的事。」

他直直地往前走，但步伐還是配合著吉兒。

真是個好人。吉兒露出笑容。

——在這之後的未來，吉兒過往所涉及的歷史中，聽說里斯提亞德是為了阻止哈迪斯而遭到處決。至於艾琳西雅，則是為了不成為哈迪斯的絆腳石而自殺。

（明明兩個人都能成為陛下的好姊姊與好哥哥。）

不過心意無法傳達出去。

現在明明什麼事都還沒發生，卻為那些事感到悲傷——有沒有什麼辦法呢？不，得想想辦法才行。

「布倫希爾德。」

在想著那些事的時候，他們抵達了龍的廄舍。安裝在牠身上的鞍具正好剛拆卸下來。

紅龍在廄舍前的廣場慢慢地回過頭看了吉兒。眼睛是金色的。

「妳知道打招呼的方式吧？去試試看。」

「啊，是。那麼……請恕我失禮。」

雖然對里斯提亞德催促感到困惑，吉兒還是往前走去。

不必在意被龍攻擊。里斯提亞德會來阻止，而且就算自己沒有魔力，還是能避開攻擊。

（不過，威嚇不是一般的反應……難道龍在懷疑我？）

她停下腳步，抬頭看著布倫希爾德，牠那雙金色的眼睛也往下看吉兒。眼神看起來真聰明。

要怎麼做才正確？要怎麼做才不會被牠威嚇？

龍妃要怎麼對龍下命令才對？總之為了保護哈迪斯，得想辦法蒙混過去。

「……喂，怎麼——希爾德？」

里斯提亞德喊出聲的同時，布倫希爾德展開翅膀飄浮起來，隨即將視線調開，向上往天空飛舞而去。

「……我被無視了耶……」

吉兒喃喃說道並鬆了口氣。這麼一來，上次威嚇的事，有可能是因為羅薩的心情不好，她抱持這個充滿希望的觀察看向里斯提亞德，卻被他投來的驚人眼神嚇得僵住。

「怎、怎麼了嗎？」

「不……牠逃走了。」

「啊，是。牠逃掉了。」

「沒錯，牠逃走了。金眼紅龍的布倫希爾德，居然看了人類後逃走。」

——對於上級的紅龍而言，人類就如同路邊的石頭，沒有必要特別逃開。

（啊，這反應難道比威嚇還不妙嗎？）

「……布倫希爾德以往只有一次做出和剛剛相同的反應。」

里斯提亞德的眉頭皺起，表情非常嚴肅地慢慢逼近。吉兒僵硬地假笑著，背上的冷汗直流，向後退了一步。

「那、那個差不多要中午了，我還有課程，今天就先到這裡……」

「是哈迪斯．提歐斯．拉維。是牠和我那個不成材的異母弟弟第一次見面那次。」

「那麼容我告辭！」

吉兒假裝沒聽到，如脫兔般跑了起來。但里斯提亞德隨即伴隨塵土從後方追上來。

「不准逃啊啊啊啊啊啊！妳是什麼人？到底在隱瞞什麼？給我說！」

「呀————！」

不禁尖叫起來的吉兒卯足全力全速奔跑。不過她的身體只是個魔力稀少的孩子，對手可是個大人，完全拉不開距離。

他們就這樣在龍騎士團的士兵宿舍中玩起鬼抓人，直到艾琳西雅出手阻止為止。

迎接疲憊不堪的吉兒的，是背對西斜的夕陽，正在田地中採收作物的丈夫。吉兒的腳步蹣跚，連蘇堤都體貼地讓道。

「我回來了，陛下……」

「嗯、嗯，歡迎回家……齊克呢？」

「我們的工作部門不同，所以各自行動。」

一腳踏進田裡的吉兒像是直接倒下般抱住哈迪斯，哈迪斯眨著眼睛接住她。他身上散發太陽與泥土香味。她將療癒人心的香味深深吸入後吐出。

「喜歡陛下……」

「……看來妳很累啊，我知道了。會為妳做美味的晚餐。」

被輕鬆抱起的吉兒，緊緊抱住哈迪斯的脖子。

在艾琳西雅警告「她雖然是學徒，也還是個小女孩，不要到處追著她跑」之後，里斯提亞德不甘不願地收了手，但凡是上課時間，依然保持一定的距離持續監視她。即便只是盯著看，那個像是準備從任何一舉一動中揭發她的視線讓人筋疲力竭。當然也少不了周圍竊竊私語的傳聞，真是受夠了。回家時也被跟蹤，即使想辦法甩開了，實在不敢想像明天起事情會變得怎麼樣。就算想求救，齊克也只是別開眼。

「對了，今天陛下不需要做齊克的晚餐，拿我摘的高麗菜直接給他。」

「嗯？妳都那麼說了，我倒無所謂。來，吉兒。」

酸酸甜甜的草莓放在唇邊。真好吃。

「陛下，還要一個……」

「妳今天怎麼特別撒嬌？」

她將頭完全放鬆靠在哈迪斯頸邊，一顆接一顆地吃著從田裡採收的草莓，終於恢復了力氣。

接著慢慢地張開眼睛，嘆了口氣。

「今天真的巴不得早一刻回到陛下身邊。」

「……妳、妳這種出其不意的突襲，我已經不會輕易中招了喔！就算是我也慢慢習慣了……而、而且啊，我、我也是，很想早點見、見到妳……」

「人只要累了就會想見到喜歡的人，原來這說法是真的呢。」

明明只是有感而發地說出口，哈迪斯卻手按著心臟彷彿要昏倒般站不穩。

「沒問題……我習慣了，我已經……習慣了……」

「……陛下，如果現在有平常的魔力，你應該會暈倒喔。」

「那種事……的確有可能。」

吉兒從視線飄忽的哈迪斯手臂中跳到地面上，接著留他在田埂間，去拿了籃子。

「我來幫忙。話說回來，卡米拉呢？」

「這～裡，我在這裡。在打情罵俏前就該發現我了，吉兒。」

在房子的屋簷處有個可以將田地一覽無遺的位置，卡米拉坐在放在那裡的木箱上，調皮地高

聲說道。吉兒眨了眨眼。

「對不起，沒有發現你在那裡。我的眼裡只看得見陛下。」

「唔……！」

「陛下，要努力撐住啊！吉兒，妳也不要再這樣突襲陛下了。」

「找到你了，哈迪斯！」

一個響亮的聲音突然響起，蘇堤一邊鳴叫一邊逃走了。卡米拉搭起箭，吉兒則一躍到哈迪斯面前，低聲說道：

「陛下，準備逃走。」

「……不，這個聲音是……」

哈迪斯說到一半，被草叢裡的一陣動靜打斷。卡米拉準備放箭時，哈迪斯舉起單手制止。

「陛下？」

「還想著你到底躲去哪兒了，沒想到你在這種地方——……」

看見從草叢中氣勢洶洶地走過來的人物，吉兒忍不住高呼：

「里斯提亞德殿下？」

原以為已經甩開他，看來他鍥而不捨地追到這裡來了。不過，在氣勢十足地走近之後，里斯提亞德張開嘴愣在原地。

「……你在做什麼？」

他在停頓片刻後終於問出口，哈迪斯則一臉認真又停頓片刻後回答道：

「採收蔬菜。」

「……」

里斯提亞德從頭到腳反覆仔細打量哈迪斯的打扮。他一副無法置信但又想說出一些道理的表情，吉兒看了感到同情。

（陛下穿圍裙的模樣，我已經看得很習慣了……）

但這點似乎不該忘記。

他是這個拉維帝國的皇帝。

臉色蒼白的里斯提亞德用手遮住臉，像在喘氣般反覆地吸氣與吐氣。

「採收……採收蔬菜……我國的皇帝……在……這種……重要關頭……」

「呃……你也要一起嗎？」

哈迪斯小心翼翼地問道，這讓里斯提亞德的血管響起爆裂的聲音。

「給我差不多點，這笨蛋！還以為你正在為推翻政權做準備，沒想到居然在做這種事……」

「什麼這種事，人要是沒有食物會無法生存的。」

「有比那個更嚴重的問題啊！不管了，走，快去皇姊那裡吧！」

「咦，不要。」

「不要？哪有你說不要的餘地！」

「我回來了……怎麼了怎麼了，怎麼這麼吵鬧？喂，那是……」

齊克疑惑地眨著眼，走到正並肩站著觀望哈迪斯與里斯提亞德爭吵的吉兒與卡米拉身邊。吉兒稍稍瞇起眼回答：

「他來接陛下。看來是跟蹤我過來的……太大意了。」

「……吉兒，難道妳是故意沒甩開他？」

「才不是故意的。不過我的確認為反正總有一天會有人找來這裡，那麼是這個人來也好。」

大概因此腳程不自覺地變慢了吧，吉兒苦笑。

「他明明是皇子殿下，連一個兵也不帶，獨自一人尋找陛下。我想他不是陛下的敵人。」

齊克露出為難的表情嘆氣。

「……畢竟也不能一直在這裡過下去呢。」

「不過有點感傷啊，因為我去工作的時間，有陛下在家裡等我，很高興。」

「吉兒……」

「不要————————！」

緊攀著旁邊的樹慘叫的哈迪斯，打散了吉兒的感傷。

「我是絕對不會去的！我要在這裡每天做飯等妻子回家！當一個普通的男人！」

「什麼普通的男人，你這笨蛋怎麼可能變成那樣的人啦！」

「不管你怎麼說我都不去，再說，把我從帝都放逐出去的就是你們啊！當然了，如果無論如何都要我回去也不是不行。」

「明明是遭到放逐的人，說話口氣很囂張啊？我就是打從心底看不慣你那種性格！」

「那就回去。如果無論如何都需要我，就把這裡當帝都。反正我是皇帝，沒有問題。」

「別開玩笑了！」

「……我們能夠告別這種生活嗎？」

「首先得說服陛下才行了。」

齊克與卡米拉說出的內心想法，讓吉兒垂下肩膀。接著為了說服丈夫，踏出腳步。

「……我記得給過你忠告，要你放著他別管的，里斯提亞德？」

深夜，吉兒等人在小心翼翼不被別人發現哈迪斯的狀態下，帶他到龍騎士團的辦公室，艾琳西雅看著他們一行人如此說道。里斯提亞德回答：

「誰教我不小心找到他了，沒辦法啊。」

「你是特意去找他的吧，還敢說。」

「皇姊，妳也覺得這個少女很可疑吧？既然龍帝結婚了，不管對象是不是小孩子，她都是龍妃。紅龍既然會以那麼對等的態度看這個少女，能想到的理由只有這個了。」

艾琳西雅與站在哈迪斯身邊的吉兒對視一眼後以手托腮。

「我原本打算假裝沒發現這件事的。最重要的是，哈迪斯本人看起來沒打算來這裡吧？」

因為里斯提亞德不斷怒罵，害吉兒與哈迪斯來到這裡前都沒有好好說到話。雖然吉兒他們以「既然被找到了，就先去談談」的方式說服他，於是哈迪斯不甘不願地跟過來了，但像個孩子般將臉別向一邊。

「陛下。」

吉兒拉拉哈迪斯的衣角，他才終於開口：

「……因為什麼都沒有辦法做吧？艾琳西雅異母皇姊雖然能指揮龍騎士團，但身為她後盾的諾以特拉爾公爵並沒有支持我，里斯提亞德也是同樣狀況。嘴上說是盟友，背後卻遭捅一刀，我可不願意。」

里斯提亞德擺出苦瓜臉。艾琳西雅苦笑著。

「反正到夏天前，無論哪一方都不會有大動作。既然如此，不如等我的魔力恢復比較好。」

「你的魔力被封印的事是真的嗎？」

「是啊……要除掉我，現在可能是好機會喔？」

哈迪斯揚起嘴角，盯著里斯提亞德和艾琳西雅。

「不過在那之前，皇叔極有可能先自取滅亡呢。」

「什麼意思？」

剛剛為止都靜靜聽著對話的艾琳西雅反問，哈迪斯露出感到無趣的眼神往斜上方看。

「在這個國家用天劍的真偽騙人，龍神是不可能容許的。只是這樣而已。」

「說具體一點。」

「我才沒那麼好心，反正放著不管也會全部解決——我要回去了。」

「陛下，不可以。」

聽到吉兒提高音量阻止，哈迪斯瞇起眼睛。有時他會露出這種毫無情感的冰冷眼神。

「我是個服從妻子的男人，但這次的事我沒打算退讓。就算妳打算和在貝魯堡的時候一樣，提高人們對我的崇敬也沒用。」

說完想結束對話的哈迪斯準備離去，吉兒緊跟著用腳一掃，趁他失去平衡時，一腳踩在他的背上。

「陛下偶爾會說出惹人厭的話呢，為什麼啊？」

「妳才是，對待我的態度偶爾會很奇怪啊！我確實說了會服從妳，但可沒同意可以隨意踢我或踐踏我！」

「那麼除了我以外，陛下有同意其他人踢您或踐踏您嗎？」

「妳這種說法的前提，好像是我被踢或被踐踏會很高興，也太奇怪了吧？」

「您明明都在做些會被踢或被踐踏的事情，請別抱怨了。我並沒有要陛下舉兵打仗的意思，只是希望您能夠跟哥哥姊姊好好地談談而已。」

趴在地上的哈迪斯眨了眨眼。吉兒從他的背上移開腳，雙手交叉抱胸。

「里斯提亞德殿下並沒有帶兵，而是靠自己的力量找到了陛下喔。這表示他很擔心您。」

「……擔心……我……？」

哈迪斯小心翼翼地反問。被他以期待與不安的眼神看著的里斯提亞德，眉間皺得緊緊的。

「喂！少說這種噁心的話。我只是認為，再這樣鬥爭下去——」

「里斯提亞德殿下也是，明明緊緊跟著我是因為急切地想找到陛下，請不要忸忸怩怩地說那些藉口了！這樣只會讓事情變麻煩。」

看著轉過頭如此說道的吉兒，里斯提亞德閉上了嘴。

「還有，對陛下說話請再溫和一點。」

「妳說什麼？」

「陛下是警戒心很強的人！就和不習慣與人相處的大型犬一樣！」

「犬？妳對我們的皇帝沒有更好一點的比喻嗎？」

「不是很可愛嗎？沒關係的，就當作是跟我差不多年紀的小孩說話一樣就好！請先好好地說出您的擔憂吧！」

里斯提亞德輪流看了吉兒與哈迪斯，眉間擠出無數的皺紋，接著將手伸向哈迪斯。

「……總而言之，先站起來。」

哈迪斯看著他伸出的手，沒有動作。他並不是猶豫，而是正在觀察對方。

里斯提亞德的臉頰一邊抽動，一邊繼續說道：

「——就是，那個啦，我是認為你會平安無事……但你看起來很不錯，真是太好了。」

「……」

「……你說點什麼吧！」

「真不敢相信你會這麼正常地跟我說話。」

「你這……」

「——你妹妹在帝城裡吧，還是不要做出與皇叔為敵的舉動比較好。謝謝。」

哈迪斯最終還是沒有拉里斯提亞德的手，自己站了起來。里斯提亞德感到意外地眨眨眼，看了看自己那隻沒被回握的手。

「艾琳西雅皇姊也是，謝謝妳願意放過吉兒。」

「我聽不懂你在說什麼呢，吉兒是我們龍騎士團中很被看好的學徒。我從現在起，會當作自己沒有見過你。」

「皇姊！」

「你也要這麼做，里斯提亞德。哈迪斯說得沒有錯——不過說真的，很高興能看到你平安無事。雖然不知道你為什麼穿著圍裙就是了。」

差點將心中的話脫口而出的里斯提亞德，帶著奇怪的表情停住了。因為光是帶不情不願的哈迪斯過來，就已費盡千辛萬苦，所以沒有心力讓他換裝。

「這是妳的功勞吧，吉兒，謝謝妳。」

「對，我想起來了！你這傢伙跟那孩子結婚的事是真的嗎？」

聽到里斯提亞德生氣地大吼，哈迪斯露出一臉麻煩的樣子回道：

「你剛剛不是自己說吉兒是龍妃了嗎？」

「但我承不承認是另一回事！你找這麼小的孩子當對象，到底在想什麼？難道是做了什麼奇怪的交易，還是受到威脅了嗎？」

「謝謝您為我們擔心，里斯提亞德殿下。不過我是憑自己的意願決定與陛下結婚的，所以請放心。艾琳西雅殿下也是，請不必擔心。守護陛下與帶給陛下幸福，都是我身為妻子的使命。」

看到她抬頭挺胸地如此說道，里斯提亞德難以言喻地表情閉上嘴，艾琳西雅則不斷眨著眼，生硬地向她點了點頭。

「這、這樣啊……哈迪斯，你的臉色不太好，沒事吧？」

「我……我沒事……習慣……我已經……習慣……！」

「好了，快點喝水。」

「好了好了，到這裡來，陛下。我們來照顧你。」

「……話說回來，那兩個人又是誰？」

里斯提亞德看著帶哈迪斯到沙發上坐下的齊克與卡米拉問道。

「那兩個人是我的部下。因為之前聽說需要龍妃騎士。」

「……原來如此，難怪他們會想牽制我。」

「好了，話就說到這裡。時間也晚了，大家各自回到該去的地方吧。」

艾琳西雅果然還是打算以蒙混的方式迴避問題。光是以情勢的分析和方針沒有錯這點，要說服她很困難。里斯提亞德雖然想說什麼，但似乎找不到適當的說詞。

然而，考慮到各自的立場而形成的結果，不正是吉兒看過的那個未來嗎？

臉色恢復後的哈迪斯站起身，向吉兒伸出手。

「皇姊都這麼說了，我們回去吧，吉兒……吉兒？」

必須採取暴露療法了。吉兒沒有回應哈迪斯伸出的手，而是往前踏出一步。

艾琳西雅察覺到吉兒的視線，歪頭看著她。

「還有什麼事？」

「請恕我直言。艾琳西雅殿下、里斯提亞德殿下，請兩位助陛下一臂之力。」

「吉兒。」

吉兒知道哈迪斯露出不悅的神色打算反對，所以故意忽視他。

「兩位既是陛下的手足，同時也是這個國家的臣子，放任假皇帝任意妄為下去，並不是兩位的本意吧？」

「那是當然。」

「里斯提亞德，不要草率發言。」

原本要繼續回話的里斯提亞德遭到艾琳西雅制止。

「小孩子比較會說正確的道理，這種事很正常。不過，如同哈迪斯剛才所說，我們有各自的立場和難處，現實狀況沒那麼天真。」

「天真的人是您，艾琳西雅殿下。如果我對外說出陛下在這裡，您認為事情會變得如何？這裡還能夠繼續保持中立嗎？」

艾琳西雅的臉色明顯變了，她的手緩慢地繞到身後拿武器，在那之前，吉兒以現有的所有魔力踢向地面。

「齊克、卡米拉！」

認為這麼一喊就能傳達給他們，有可能太天真了。但彷彿心電感應般，卡米拉擋住出入口並將箭架在弓上，齊克的劍尖也已經對準了里斯提亞德。

「你們要做什麼？」

抓住吃驚不已的艾琳西雅的頭，並將她的手腕扭在背後制伏在辦公桌上，只花了不到幾秒鐘的時間。吉兒踢飛艾琳西雅的短劍，使它在地上滑動撞到牆邊。

現在沒辦法穩定控制力量，壓制上過於粗暴這點，讓她心裡感到愧疚。

「若真想平穩度過這情況，妳應該把我抓起來，利用我作為對付陛下的人質才對。」

「皇姊！喂，哈迪斯，這是想幹嘛！」

「哎呀，別亂動，皇子殿下。我可能會手滑喔。」

正用弓箭瞄準的卡米拉開口，讓里斯提亞德咂嘴。齊克的劍尖仍指著他的脖子說道：

「也別想用魔力製造騷動。在救兵抵達前，我就會讓你的頭和身體分家。」

「請做出選擇，艾琳西雅殿下。里斯提亞德殿下，您也是。」

吉兒看向里斯提亞德的視線，讓他懾服似的倒抽一口氣。

「你們要跟隨陛下，還是假皇帝？」

需要知道的答案只有這個。艾琳西雅額頭冒出汗水開口：

「——如果拒絕妳呢？」

「我可不像陛下那麼好說話，不會就此**放過**您們的。」

「不過，哈迪斯本人怎麼說呢？他不想被人從背後捅一刀吧？很不巧，我和艾琳西雅也是同樣的想法，我們也不想被哈迪斯從背後捅一刀。」

「我的陛下沒有那麼軟弱。」

因為吉兒如此堅信，所以沒有看向哈迪斯的臉。而她不容許一點沉默，加強手的力道壓制艾琳西雅。

「來吧，快點回答——」

「團長，您醒著嗎？有緊急狀況！」

說話的聲音從門的另一頭與一陣粗魯的敲門聲同時響起，在所有人分心的這瞬間，艾琳西雅扭轉身體，從吉兒的手中逃脫，拿起桌上的拆信刀抵住吉兒。

「叫妳的部下退下——進來。」

聽到艾琳西雅允許士兵進入的許可，吉兒慌張喊道：

「卡米拉、齊克，把陛下藏起來！」

「陛下，抱歉了！」

卡米拉把哈迪斯推入從天花板上垂掛而下的長窗簾後，在他與齊克並排形成人牆的同時，士兵進入辦公室。吉兒鬆了一口氣。

突然從敵對中解放的里斯提亞德，雖然一副心情複雜的表情，但也沒聲張，只是靜觀其變。

艾琳西雅整理了稍微凌亂的衣領，看向她的部下。

「怎麼了？發生什麼事？」

「格奧爾格大人——不對，是帝國軍放火燒了近郊的村莊，我們收到這樣的報告！」

士兵壓抑著顫抖的聲音說道，艾琳西雅瞪大了雙眼。

「這裡是諾以特拉爾公爵的領地，怎麼會有這種事情！」

「聽說是因為收到藏匿假皇帝的情報……其他狀況還不……」

陽台窗戶突然「砰」地一聲巨響打開，打斷了士兵的報告。

強勁的風吹進房間裡，伴隨龍拍打翅膀以及鳴叫的聲音。里斯提亞德向外一看，吃驚得眼球都要掉出來。

「布倫希爾德！你為什麼……羅薩也在，還有其他的龍……」

「我出去一下。」

從窗簾中走出的哈迪斯簡短說道。把龍叫來的人是哈迪斯。吉兒慌忙地說：

「陛下，我也要一起去！」

「等等，哈迪斯。」

出聲叫住他的人是艾琳西雅。聽到她喊出的名字，讓前來報告的士兵眨了好幾下眼。

哈迪斯瞇起眼睛轉過頭。看到哈迪斯露出的些微敵意，不禁使吉兒緊張得手心出汗。

「妳打算把我抓起來嗎？」

「不是，我也要去。這是我們領地的問題。」

「我也要去喔，怎麼能讓你一個人去！」

臉色不好的異母兄姊所說的話，讓哈迪斯一瞬間露出難以理解的表情。

但他立刻瞥開視線，只說了句：「隨你們。」

他們各自乘坐自己習慣的龍，所以艾琳西雅與里斯提亞德坐在自己的龍背上跟在後面。

而哈迪斯與吉兒則坐上從紅龍身後戰戰兢兢探出頭的綠龍身上。然而龍帝乘坐的綠龍卻拋下其他的龍，帶著驕傲的模樣颯爽地飛在最前面。比綠龍的位階還要高的羅薩和布倫希爾德都不敢追過牠。

艾琳西雅和里斯提亞德能夠確信哈迪斯就是龍帝，一定是過去曾看過許多次這樣的情景吧。

「村莊遭到燒毀不是因為陛下的錯喔。」

騎在龍身上幾分鐘後，吉兒對一直靜默的哈迪斯說道，原本筆直地盯著前方的哈迪斯對她眨了眨眼，接著立刻搖了搖頭。

「我知道，那是給其他人的警告，讓他們知道藏匿我就會是那個下場。那應該是為了不讓我有盟友，還有積極找出我的所在地而經常使用的手段吧……有猜到他們遲早會那麼做。」

「即使如此也不是陛下的錯，錯的是做出這種事的人。」

「我不是在想這些，我在思考妳剛剛為了我對皇姊所說的話。」

說起剛剛的事，吉兒才想起自己威脅了艾琳西雅。

「對、對不起……我擅自行動，而且還威脅了陛下的姊姊……」

雖然不後悔，但心中稍微感到不安。事到如今——真的是事到如今才想到，若哈迪斯認為自己是凡事都會以武力解決的女孩，而感到無法置信該怎麼辦？

「那個，不過……如果陛下出手阻止，我還是會住手的！」

「我知道喔，妳會那麼做都是因為我。」

哈迪斯放開轠繩，摸了摸吉兒的頭安慰她。即使沒有人操縱，龍還是筆直地往前飛。

「但我不是要說這個……妳說了**妳的我**沒有那麼軟弱吧？」

「嗯？是的。」

那時真不知道自己為何那麼說，吉兒抬起頭看著哈迪斯的臉。

「皇姊他們有他們自己的苦衷，那些苦衷跟我們個人之間的感情好壞無關，有太多阻礙。我們當然也想好好相處……從背後被捅一刀這件事情，並不是單純地諷刺或比喻，是真的會發生的現實。」

哈迪斯像在整理思緒般慢慢地說著，吉兒便靜靜地專心聽。

「不過，如果是妳所說的話，我認為**就算那樣**，我們說不定也能相處得很好……妳說呢？」

被他徵求意見，突然覺得不好意思起來。但不能說出不負責任的話。

「是不是能和大家相處得好，我不知道。畢竟如同陛下所說，事情發展並不是只有關係到自己，也會牽扯到彼此。」

「嗯……就是啊。反正我好像經常會在觀望的位置……」

「但是，如果試著努力還是不行，我會給陛下摸摸頭。」

「妳這安慰也太早了吧？」

雖然姿勢有點辛苦，她還是伸長了手摸摸哈迪斯的頭頂。哈迪斯低下頭輕聲笑了出來。

「這個是鼓勵。請不要輕易認輸喔，因為你是我的陛下。」

她帶著期待與信任的心情說出口的這番話，讓哈迪斯稍微沉默後，似乎又笑了起來。

「……受別人喜歡也被需要，還真是可怕呢。」

「你不是拚命說要我喜歡上你嗎？可不要事到如今才感到害怕啊。」

「——嗯，說得也是……在那邊。」

哈迪斯的視線看去的彼方有火焰竄起，正火紅地燃燒著。跟在斜後方的里斯提亞德喊道：

「我去北側進行救援，請皇姊下達滅火的指示！」

「滅火就讓我來——拉維，借我力量。」

哈迪斯呼喊了現在也還在他體內的龍神，並拍拍他乘坐的綠龍的頭。

「你是龍神的代打，交給你了。」

綠龍「喀」地大大張開嘴巴。在這令人難以置信的瞬間，牠從上空朝著村莊燃燒的火源處吐出了藍色火焰。里斯提亞德臉色轉為鐵青。

「你在幹嘛！」

「不對，這是——水的……火焰……？」

彷彿在驗證提高音量的吉兒所說的話，從龍的口中吐出來的藍色火焰，正在撲滅村莊剩餘的火勢。水的火焰宛如雨水般落下，逐一澆熄有如紅色怪物的火焰。

里斯提亞德愕然地觀望眼前的情景，喃喃地說道：

「龍……居然會吐出水的火焰……」

「……這就是龍帝的力量啊。」

哈迪斯對艾琳西雅的話不置可否，只是在村莊的火勢完全撲滅前，不斷在上空來回盤旋。

來回兩趟後，火勢終於完全撲滅。接著就是艾琳西雅與里斯提亞德的工作，他們對一同前往村莊的龍騎士下達指令，確實地掌握救援村民與現場狀況。

哈迪斯與吉兒則在不妨礙後續工作又不起眼的地方，牽著手靜觀這一切。

當善後工作逐漸告一個段落的同時，夜空也開始翻起白肚。

率先來到他們面前的，不出所料，是里斯提亞德。

「——我四處打聽了消息。聽說來到村莊的軍隊舉著深紅色布料並印有黑龍圖騰的軍旗。」

那是拉維帝國軍。而且黑龍圖騰，代表皇帝直屬的軍隊。

那支軍隊本來只聽令於哈迪斯，無論事情經過如何，看來現在帝國軍落入格奧爾格手中了。

看著面無表情繼續等著聽後續的哈迪斯，里斯提亞德帶著難以啟齒的表情說出追加的情報。

「……聽說他們喊著要村民把你交出來，同時到處放火。」

「有死者嗎？」

聽到哈迪斯只有簡短的提問，里斯提亞德稍微吃驚地睜大眼，隨後搖了搖頭。

「雖然受傷的人很多，但因為聽到外面吵著要求把你交出來，所以沒有因為太慢逃脫而死亡的人。現在大家不知道該怨恨引起這件事情的你，還是執行這項行動的皇叔，這是個非常巧妙的安排。」

「大家都獲救真是太好了……不對，一點也不好，田地都燒毀了啊。」

天色開始變亮，可以清楚看見村莊的模樣。燒毀的房屋、在露天空地上接受治療的村民——這狀況可不能說活著就是萬幸這種話。

田地燒毀就無法確保足夠的糧食，若沒了糧食，不是餓死，就是被迫離開習慣的土地生存。

「先安排他們到諾以特拉爾堡壘城市進行保護吧，皇姊應該會行動……」

「那說不定就是皇叔的計謀。」

接收有隱匿哈迪斯嫌疑的村民。「接著格奧爾格會尾隨過去。」哈迪斯在陰影處說道。里斯提亞德面露難色。

「不會做到那樣……不對，他本來就是為了找碴而做出這種事，確實也該做出那樣的假設比較好——我先回去說服皇姊吧！」

哈迪斯放開牽著吉兒的手，追著里斯提亞德往前走了一些。

吉兒知道他想努力，因此只在原地看著。

「里斯提亞德。」

「要加上皇兄的稱謂，我可是比你大兩個月，說很多次了。」

「但我是龍帝。」

里斯提亞德轉過頭，不過他的表情很平靜。

「我知道，不必特別提醒——我能動用的只有自己創立的龍騎士團而已，如果這樣也可以，就追隨你。」

哈迪斯一副被挫了銳氣的表情，里斯提亞德見狀笑出來。

「你怎麼那副表情？我可沒有墮落到看見現在這種情景還能默不作聲。」

「……你的祖父——萊勒薩茨公爵會反對喔！」

「別說傻話了，保護帝國才是萊勒薩茨公爵家的工作。如果連這件事都無法做到，那還不如毀滅好了。況且……我皇兄死去的事，並不是你的錯。」

哈迪斯這下似乎不知該說什麼才好了。但里斯提亞德也背對著哈迪斯，看不見他的表情。可能是故意不想被看到吧。

「……皇兄他是在你從邊境回來之前，因為詛咒之類的原因而死去的最後一個皇太子。當其他皇子捨棄皇位繼承權逃離的時候，他選擇不逃避去面對這件事。他說那是自己生在拉維皇族該負擔的使命……我對於擁有那樣的哥哥感到驕傲。」

里斯提亞德嘴裡那麼說著，聲音卻在顫抖，想必是因為悲傷吧。

「所以如果你無法成為比我皇兄更加優秀的皇帝，我是不會原諒也不能原諒你的。我個人的想法就只有這樣，你最好謹記在心。」

「……嗯。」

猶豫後還是只想得到那麼回應的哈迪斯，點了點頭應聲。里斯提亞德露出看著笨拙弟弟的眼神，微微地笑了，不知這樣的他，是否和過世的親哥哥很相像呢？吉兒想像著這個不管在過去還是未來她都不認識的人物。

「現在的問題是皇姊。雖然只是傳聞……但我聽到了奇怪的情報……」

「——哈迪斯、里斯提亞德。」

艾琳西雅背對著正在爬升的太陽朝這裡走來。

她的表情看起來非常疲憊，不過腳步很堅定。

「剩下的交給我，我們先回去一趟，有話要跟你們說。」

「如果是我——不，就算只有我自己，也會追隨哈迪斯，皇姊。我已經決定了。」

聽到里斯提亞德如此宣示，艾琳西雅面有難色地嘆氣。

「我就知道你會那麼說。我也想繼續討論這件事，哈迪斯，但我有條件。」

哈迪斯沒回話，只是以視線催促艾琳西雅繼續說下去。

艾琳西雅往並肩站著的異母弟弟靠去，像是在意四周狀況般壓低了聲音。

「我有一個人要讓你見見。在皇叔製造出假皇帝的騷動之前，有個人來投靠我，並且留在我這裡……」

艾琳西雅話說到一半，一瞬間以於心不忍的表情看了吉兒一眼。吉兒眨了眨眼，聽見她接下來說的話，才明白那個眼神的意思。

「留在我這裡的人是菲莉絲·迪亞·克雷托斯。」

「皇姊！她是——」

「沒錯，哈迪斯，她是克雷托斯的第一王女，是以象徵和平的手段——也就是，她提出希望能與你締結婚姻。」

要說吉兒在心裡留下過什麼心靈創傷，除了那個人的名字外沒有別人了，聽到那名字讓她僵住了。

（提出婚約……和陛下的？）

哈迪斯稍稍抬起下顎，唇角劃出弧線。

「那可真是個有趣的玩笑。」

哈迪斯這個回答，絕不是艾琳西雅想聽到的，她皺起眉頭。里斯提亞德也顯得不知該如何回應這狀況。

吉兒無法動彈。即使知道哈迪斯並不會同意這件事，她也無法再次拉起剛剛放開的那隻手。

菲莉絲・迪亞・克雷托斯。當吉兒是傑拉爾德的未婚妻時，也只見過數次。是個體弱多病、一年當中有大半時光都無法下床的少女。

即便如此，她仍然是一名宛如天使，任誰見了都會受她的魅力擄獲的少女，整座城堡中——不，整個國家都愛戴她。吉兒第一次見到她時，也被那聲打動人心的「吉兒姊姊」瞬間激起了保護欲。儘管傑拉爾德凡事以妹妹優先的行為讓她感到寂寞，她還是認為保護妹妹這方針是理所當然的。

只是沒想到結果竟然是禁斷的兄妹之愛。

（既然如此，她為什麼會對陛下提出婚約……難道跟我當時相同，婚約只是個幌子嗎？）

她的拳頭緊握起來。吉兒不認為傑拉爾德會同意這件事，再說她自己更加不可能允許這種事發生。

吉兒一行人回到諾以特拉爾的堡壘城市中，各自稍作補眠並打理好之後，在太陽升到最高點時，前往龍騎士團士兵宿舍，在艾琳西雅的辦公室集合。

哈迪斯穿著沐浴後換上的正裝坐在接待客人的長型沙發上，畢竟接下來要隔著桌子坐在對面沙發的人物，可不好穿著圍裙相見。

而艾琳西雅亞現在正去請那個人物過來。

「你想怎麼做？」

坐在吉兒身邊的里斯提亞德問道。哈迪斯只扼要地說：

「沒有怎麼做，我的妻子是吉兒，沒有比吉兒更適合當龍妃的人了。」

「你的後宮還空著吧？克雷托斯的王女如果嫁過來，就不可能讓這女孩成為比皇后地位還高的龍妃，但要讓克雷托斯的王女當我們帝國的龍妃更是不可能的事。假如只是克雷托斯的普通魔女就算了，她是個大魔女啊！」

說到這裡，里斯提亞德看了吉兒一眼。坐在兩人之間的吉兒眨眨眼回看他。

「聽說這女孩也是克雷托斯出身的……妳現在幾歲？」

「十歲，菲莉絲王女殿下比我小兩歲。」

里斯提亞德雙手交叉抱胸，背靠在沙發椅背上。

「這年齡差在政治婚姻上是不稀奇……不過哈迪斯，你真的有打算跟這女孩結婚嗎？」

「不是打算，是已經結婚也接受拉維的祝福了。」

「……等等，我怎麼沒聽說，有這件事嗎？」

「那就表示你之前都沒有好好聽我說話。」

無法反駁的里斯提亞德低吟著，這時敲門的聲音響起。

守在出入口的齊克與卡米拉看向吉兒，在吉兒點頭後，他們打開門。

「抱歉，久等了。」

艾琳西雅推著輪椅進來。輪椅上坐著的，是一名年紀比吉兒更小的少女。吉兒感受到里斯提亞德驚訝地屏息。

吉兒也輕輕瞥了她的身影。

剪得整齊的柔軟髮絲是雅致的亞麻色。那長長的睫毛只要每眨一下，都讓人以為是蝴蝶在拍打翅膀。充滿清透感的白色肌膚，更顯現她的柔美。

因為空間分配的關係，輪椅自然被推到上座，但是少女一點也不緊張，雙手擺在腿部的蓋毯上，露出令人憐愛的微笑。

「承蒙殿下好意，要我不過於勉強自己，因此借了輪椅來坐。我並不是因為身體不適，請大家不必擔心。各位好，初次見面。我叫做菲莉絲・迪亞・克雷托斯。」

她的年紀雖小，但聽起來如銀鈴般令人憐愛的聲音從圓潤的粉色嘴唇中吐露出來。水汪汪的天藍色眼瞳依次看向每一個人。

「艾琳西雅大人、里斯提亞德大人、哈迪斯大人——還有，妳是吉兒小姐吧。」

最後被叫到的吉兒，忍不住看向菲莉絲的臉孔。菲莉絲露出天真的笑容回應她，並且搶先回答了吉兒的疑問。

「我知道妳。哥哥有說要和妳結婚，雖然被妳逃婚了。」

菲莉絲嘻嘻地笑了。儘管舉止帶著成熟的氣息，如小鳥般的笑聲很討人喜愛。然而吉兒的表情卻顯露不快。

「……妳不生氣嗎？」

「這對哥哥是個良藥。因為王兄的個性，總是認為自己什麼都做得到。」

「菲莉絲殿下不反對我和傑拉爾德王子的婚約嗎？」

吉兒忍不住試探地問下去。菲莉絲燦爛地微笑回答：

「怎麼會反對，聽說妳跟我年紀相仿，非常期待。原本以為能多個姊姊，真是可惜。」

確實，在吉兒是傑拉爾德的未婚妻時，菲莉絲並沒有做過為難她的事，倒不如說對她非常親近。是個既可愛又溫柔，還很聰明的孩子。

即便是現在，她對吉兒的態度也完全感受不到一點惡意，從展現的氛圍、理解能力與舉止看來，完全不像是個只有八歲的少女。人們奉她為完美的王女也是情理之中的事。

正因如此，已經知道女神實際存在的吉兒更加明白。

（女神容器的適任者。可能性最高的，非克雷托斯的王女莫屬了。）

哈迪斯的身體虛弱，正是因為龍神的龐大魔力對人類身體造成負擔。同樣地，菲莉絲的身體也很虛弱，這個巧合不可能是偶然。

「等我嫁給哈迪斯大人後，能稱呼妳一聲姊姊嗎？」

不能就這樣被牽著走，吉兒如此心想，握緊在膝上的拳頭。

「我……」

「妳是不可能嫁給我的。」

在一旁的哈迪斯想也不想地丟出這句話。看到他一點也不隱藏自己的厭惡，艾琳西雅比菲莉絲還著急。

「哈迪斯，先把話聽完再……」

「至於原因，那孩子自己最清楚。身為女神克雷托斯的後裔，最有可能成為女神容器的女人要與龍帝結婚?開什麼玩笑，那麼做不就正中了女神的下懷嗎？」

「——果然是這樣啊。」

看見菲莉絲垂下眼，哈迪斯閉上了嘴。里斯提亞德則一臉嚴肅。

「在說哪件事？」

「他的意思是，我是女神克雷托斯的容器。就如同哈迪斯大人看得見龍神拉維大人一樣。」

聽著菲莉絲平靜地說出這些話，里斯提亞德雖然無法理解，但知道不能打斷，於是沉思了起來。他若有所思地閉上嘴。沉默不語的艾琳西雅可能知道些什麼。

「我身邊的人什麼也沒告訴我，所以這件事我並沒有辦法確定。但是，現在知道了。我身為女神的容器，在滿十四歲時，就要面對不是被操縱就是自我遭吞噬的命運吧。正如同歷代的王女所面臨的事。」

原本一直保持警戒的吉兒，感受到一股突如其來的震撼。接著是內心逐漸升起的認同感。

（說得也是，就像拉維大人和陛下擁有不同的人格，女神和容器也會是不同人格……就算菲莉絲殿下是女神的容器，只要與女神的想法不同，就會變成那樣啊。）

到了十四歲就會成為女神。因為自己先看到拉維與哈迪斯的互動狀況，而完全沒有想過容器的自我可能會遭吞噬。而且即便沒有演變成那樣，女神還是能操縱十四歲以上的女性。

傑拉爾德那種過度保護的行為，還有周遭把她當蝴蝶或花朵細心的養育，並不是因為她的身體虛弱，而是因為她是未來會成為容器的少女，如果這麼想呢？不過按照菲莉絲所說的，就表示傑拉爾德知道妹妹是女神的容器而對她隱瞞這件事。

若真是如此，那個禁斷的兄妹之愛的意義就完全不同了吧。

（在我知道那段關係時，是菲莉絲小姐過完十四歲生日之後了。）

妹妹與女神，誰才是他的**對象**呢？

心中臆測著的吉兒，喉嚨不禁嗚咽了一聲，眼中映著菲莉絲如夢似幻的面孔。

「因此，我所剩的時間還有六年——想趁這段期間，了結克雷托斯與拉維兩國漫長的恩怨關係。」

「為了這件事，身為克雷托斯王女的妳，要嫁給哈迪斯？」

菲莉絲對把話題帶回原本正題的里斯提亞德點了點頭。

「我認為那是最好的解決辦法。若不那麼做，紛爭只會一直反覆發生吧。」

「不過，照妳剛剛所說的內容聽起來，像是妳擅自做這個決定的。」

即便還沒有完全理解談話中女神的容器之類的內容，里斯提亞德還是掌握了對話的脈絡，繼續引導出更多情報。

「您說得沒錯。在哥哥追著吉兒小姐到貝魯堡的幾天後，我趁他不在時從國內逃出來的。哥哥現在恐怕正在到處找我吧。」

「妳身體那麼虛弱，年紀又還小，居然能做出這樣的決定。」

里斯提亞德表現出佩服的模樣，試探性地接話。但菲莉絲似乎問心無愧而不為所動。

「是的，如您所猜測，確實有人協助我。艾琳西雅大人也知道那個人，我很快會介紹他給各位認識。」

吉兒的腦中浮現了前部下的面孔。

（……等等，勞倫斯現在是傑拉爾德殿下的部下才對……）

說實話，現在已經不知道該相信菲莉絲的話到什麼程度才好了。

眼前這名少女，究竟是背負成為女神的容器這個悲慘命運的少女呢？或者是與女神同謀，準備得到龍帝的頑強少女呢？

「若願意接受我的提案，我必定會說服哥哥——或者說，製造出他不得不接受的狀況就可以了。例如，由我先公布與哈迪斯大人的婚約。」

如此說道的菲莉絲緩緩將手往前伸。

「至少對於可能與克雷托斯聯手的事，必定會讓格奧爾格大人產生動搖。只要趁隙攻進去，就可能避免無辜的死傷，甚至可能和平地開城門投降吧？」

「要是那麼做，哈迪斯就免不了被責罵是出賣自己國家給敵國的皇帝了。」

「是好鄰居，我們是鄰國啊，里斯提亞德大人。」

「既然妳已經設想那麼多，那我也明白地說吧。皇叔引發的事，我懷疑是克雷托斯——也就是妳的王兄所策劃的。」

雖然只是里斯提亞德的直覺，吉兒在心中認同。而這個懷疑，菲莉絲竟然乾脆地接受了。

「我也這麼認為。」

「那麼，我更不懂妳的提議了。妳打算跟妳的王兄對立嗎？」

「請說成是我在阻止他。我並不清楚哥哥參與這次的事件到什麼程度，但是，假如是哥哥煽動格奧爾格大人，只要我出面就一定會停手。哥哥絕對不會允許我成為失敗者的未婚妻，這就表示，他不會讓哈迪斯大人成為戰敗者。」

儘管感到痛苦，吉兒明白她提案的含意了。

吉兒的處決決定時——以及在那之前，傑拉爾德的行動指標都是菲莉絲。傑拉爾德的決定總是以不損毀菲莉絲的名譽為優先。因此，假如哈迪斯與菲莉絲締結婚約，傑拉爾德就會以不讓菲莉絲成為戰敗男人的未婚妻為優先而行動。

「如同里斯提亞德大人所說，哥哥若是格奧爾格大人背後的指使者，那麼哥哥就會立刻從格奧爾格大人那裡抽身才對。」

「……但如果克雷托斯王國或傑拉爾德王子並不是皇叔背後的指使者呢？」

「那麼哥哥就會去擊潰格奧爾格大人吧。不為別的，就是為了我。」

聽見菲莉絲微笑著說出的這些話，里斯提亞德的表情彷彿正看著不可思議生物。艾琳西雅開口插話：

「最重要的是，皇叔應該就不會像現在那麼強勢進攻了。因為他對於哈迪斯有兵力差異這個壓倒性的優勢就會消失。」

「這件事……我是明白啦……」

「假若能接受菲莉絲王女的提案，我會很樂意考慮成為哈迪斯的盟友。因為這是能在犧牲最少的情況下解決事情的方法。」

「不必立刻答覆我沒有關係。雖然我並沒有太多時間，只是現在情勢緊迫的那一方是各位就是了。」

「不過呢——」展現王女神情的菲莉絲成熟地停頓一會兒，環視所有人說道：

「我思考了現在各位的狀況與我的狀況，還有解決未來事態的最好的方式。身為女神容器的我與身為龍帝的哈迪斯大人結婚，應該就能圓滿地解決事情。您也明白吧，哈迪斯大人。女神的目標是歷代的龍帝——而現在這個時間點不是別人，就是您。」

哈迪斯抿起嘴唇，只是斜著眼睛看她，並沒有回答。

菲莉絲一點也不介意，繼續說：

「我明白您無法相信我的心情。但我們兩國間都流了太多血——也正因如此，現在必須阻止這一切才行。若不那麼做，永遠沒有解決的一天。」

「但是……那個，妳年紀還那麼小，卻要進行政治婚姻……這樣沒關係嗎？」

對於里斯提亞德抱持疑惑提出的問題，菲莉絲毫不遲疑地回答：

「沒有愛也沒關係。因為我的幸福並不在這裡。」

這完全不像是受到愛的女神所護佑的王女會說出的話。難道正因為是愛的女神，才道得出這樣的愛嗎？

「我想也是，太愚蠢。我要走了。」

「喂，哈迪斯！」

艾琳西雅出聲阻止，哈迪斯一點也不在意地站起身，還順道一把抱起吉兒。菲莉絲則平靜地反問：

「那麼哈迪斯大人打算往後要怎麼做呢？」

哈迪斯無視菲莉絲的問題，準備快速離開辦公室。卡米拉與齊克以視線詢問吉兒該怎麼做，但吉兒一時也無法判斷。

（先不論菲莉絲殿下值不值得信任，她的提議並不差。）

當年滿十四歲就會遭女神吞噬的事若是真的，確實值得同情。那與女神無關，而是就個體而言。哈迪斯因為把菲莉絲與女神視為相同的人而對她不屑一顧，是否多少有點反應過度了？他似乎無法妥善地做出判斷。

（還是，他害怕如果接受了菲莉絲殿下會有什麼變化？）

她用力搖了搖頭，甩開那個如影子悄悄攀附上來的想法。

從準備走出去的哈迪斯懷中往背後看，菲莉絲以眼神制止了準備站起身的艾琳西雅。受到愛的女神庇佑的王女，只是如同花朵般微笑著而已。

那神情彷彿訴說著自己連逃離的哈迪斯都能原諒——那非常地讓人不快。

「陛下。」

在吉兒打算阻止而喊出聲後，在哈迪斯開門前，門先打開了。

卡米拉與齊克反射性地舉起武器，開門的那個人瞪圓了雙眼舉起雙手。

「非常抱歉，我應該先敲門的。因為時間到了，所以我來迎接您，菲莉絲王女。」

「……勞倫斯。」

看到低喃自己名字的吉兒，勞倫斯瞇著眼睛笑了。

「嗨，看來我的直覺沒有錯呢，吉兒．薩威爾。」

「你是誰？」

菲莉絲對從沙發上站起來的里斯提亞德說：

「里斯提亞德大人，他是我剛剛所說，帶我來到這裡的隨從。勞倫斯，已經這時間了啊。」

勞倫斯沉穩地點頭回應，但里斯提亞德還是維持嚴肅的表情。

「他是龍騎士團的學徒吧？說他是克雷托斯王女的隨從是怎麼回事？」

「承蒙艾琳西雅殿下的好意，我才能以這種方式學習與龍相關的事物。」

勞倫斯帶著厚臉皮的笑臉回答，並繞到菲莉絲的輪椅後方。里斯提亞德的表情明顯地感到不悅，然而也知道不該說出間諜這類的詞彙來形容，否則只會引來艾琳西雅瞪視和責罵。

「皇姊，我以為有我的例子就該學到教訓了啊。」

「別那麼說。克雷托斯當然會尋找菲莉絲王女的所在處，讓他以學徒的身分在城鎮和士兵宿舍自由地四處走動，說不定就能察覺可疑人物啊。」

「請問和王女殿下已經談完話了嗎？」

艾琳西雅點點頭回應勞倫斯的確認。

「已經談得差不多了。抱歉花了那麼久時間。」

「那麼容我帶她回房間——啊對了，帝國軍好像也來這裡詢問是否有藏匿假皇帝了呢！而且聽說還順便發出聲明，預告接下來準備進行燒毀的地點和日期。」

艾琳西雅站起來，里斯提亞德的臉色也瞬間大變。菲莉絲表情憂鬱地問道：

「勞倫斯，你說的是真的嗎？若繼續進行燒毀行動，格奧爾格大人也會受到批判吧。」

「有趣的是，偏偏這種時候，不出面的龍帝反而會受到批判。這大概是所謂的明哲保身吧！而且預計燒毀的地方如果在自己的領地，諸侯一定會開始拚命展開搜索。這是個不錯的計策呢！因為只要時間拖得愈久，情勢就會對他們愈有利。」

勞倫斯看似在回答菲莉絲的問題，其實擺明在挑釁他們。

（不過，他說的話完全沒錯。行動一開始已經慢了一步，如果再繼續袖手旁觀，即便最後陛下贏了，對往後還是會產生影響。）

未婚夫遭到奪走。那又如何，那都是過去的事了。

若說誰能說服以全身表示厭惡與拒絕的哈迪斯，那非自己莫屬了。光是這點不就足夠了嗎？

「你認為那麼說就能讓我點頭——」

「陛下，我們答應菲莉絲王女的提議吧！」

哈迪斯驚訝地看著吉兒。

吉兒從他的懷中跳下，認真地看著艾琳西雅。

「假如那麼做，艾琳西雅殿下就會願意為我們調派龍騎士團吧？」

「沒、沒錯……那是當然的。」

「那就這麼決定。要在犧牲最少的情況下打破事態僵局，只能那麼做了。」

艾琳西雅與里斯提亞德意味深長的視線所看向的目標，應該就是沉默的哈迪斯吧。

然而吉兒卻持續面向菲莉絲，篤定地說道：

「請多多關照，菲莉絲王女殿下。」

「彼此彼此，真感謝妳的英明果斷，吉兒小姐。那麼，勞倫斯，我們也趕緊向本國聯絡，緊急將婚約的合約書準備——」

「——吉兒？」

那聲呼喚的語氣很溫柔。但哈迪斯的聲音中充滿了怒氣與嘲諷，連一直很沉穩的菲莉絲聽了都停下說到一半的話。

「妳打算把我賣給這女人嗎？難道妳對這樣的劣勢感到害怕了？」

吉兒忍受著背後傳來陣陣的威壓，讓自己保持看向前方。絕不能退縮。

只要退縮那瞬間，哈迪斯就會把自己的頭扭斷吧！吉兒如此確信。

「妳認為需要會把龍帝讓給女神的龍妃嗎？」

「為什麼要那麼生氣呢？只要陛下不要自己說出答應婚約的事就好了。」

那股驚人的威壓彷彿困惑地消失了。

「與其要說服陛下，不如讓菲莉絲王女獲得自由如何？」

菲莉絲眨著大大的眼睛。這個王女殿下理所當然地坐在周圍的人準備好的椅子上，對那個詞語似乎沒有概念。

唯一看透吉兒想法的勞倫斯，臉上則輕輕地浮現笑容。

「妳打算只使用菲莉絲王女的名義來解決事情啊。」

「我只是如實說明現狀而已。菲莉絲王女希望改善兩國的關係前來求助於艾琳西雅殿下。接著發生了假皇帝騷動，又碰巧與潛伏在諾以特拉爾郊區的陛下相遇，為了紛爭感到憂心而向陛下提議合作。傳出一、兩個婚約的傳聞也是理所當然的事。」

菲莉絲冷靜地看著吉兒。這個年僅八歲如天使般令人憐愛的少女，是理所當然受到庇護與愛戴的女神後裔。

然而，勞倫斯是傑拉爾德的部下，這意味著她的行動都會回報給傑拉爾德。而且她未曾說出任何與傑拉爾德敵對的言論，代表她本身並沒有與傑拉爾德為敵的打算。

最重要的，吉兒很清楚。六年後，吉兒被判處決的決定之快，正是經過長年的計畫形成。那一定是在她十四歲前就開始布局。

「如果按照童話故事的發展，陛下與菲莉絲王女應該會互相吸引，最後完成婚約吧。」

「但是菲莉絲王女殿下，我不會把陛下交給妳喔。」

這次才不會讓你們得逞，吉兒那麼想著，並站到哈迪斯前面笑著說：

只有那麼一瞬間，菲莉絲的嘴角揚起了。

「我明白了——這樣才像是龍妃。」

那一點也不像被稱為天使的那個少女會展露的微笑。但輕輕將眼睛瞇得細長的微笑模樣，絕對無損她高雅的氣質，甚至顯得美麗。

「吉兒小姐喜歡哈迪斯大人吧？」

「是啊，所以請光明正大的挑戰，我都接受。」

「真是太美妙了，好像童話故事。」

菲莉絲合起雙手一拍，表示自己理解了。

「我不幸捲入戰禍之中，而哈迪斯大人保護了我。只要這樣，確實也能將克雷托斯拉過來成為盟友吧。但唯一的困難是，王兄會不會認為我被當成人質而生氣——」

「假若妳真的為祈求兩國的和平，甚至願意考慮與陛下締結婚約，當然會幫忙說服他吧？」

吉兒再次確認，菲莉絲露出可愛地笑容回道：

「是的，當然了。那麼勞倫斯，就按照那樣進行安排。」

「——我明白了。」

「那麼我差不多該失陪了。吉兒小姐也請讓哈迪斯大人休息吧，他從剛剛開始就一直倒在地上了。」

「咦？什麼時候的事？」

當吉兒回過頭，確實看見哈迪斯暈倒在地上。而齊克一副習以為常的樣子，熟練地安撫著他的背。

「你不是習慣了嗎？記得呼吸啊，呼吸。」

「因、因為是突然突襲……說什麼不會把我交出去……還有接受挑戰之類的，在、在大家面前說這些不會害羞嗎？」

「就是呢。啊，吉兒待在原地就好，不要過來。不然陛下的心跳會停的。」

「啊，好。是老樣子的發作啊。」

吉兒便交給卡米拉和齊克處理，自己留在原地。勞倫斯推著坐在輪椅上的菲莉絲從她身旁錯身而過。有一瞬間，勞倫斯的視線和她交會了，但兩人沒有任何對話。

等那兩人都離開後，才終於感到肩膀上的重擔卸下。卡米拉關心地溫柔拍了她的肩膀。

「辛苦了，吉兒。妳實在太帥了呀！」

「的確很帥啊！但是吉兒，我並沒有同意喔……！」

轉頭一看，看起來呼吸恢復平穩的哈迪斯不知為何把沙發當牆壁，躲在後面看著吉兒。

「和菲莉絲王女的婚約，我連傳聞都覺得討厭。」

「陛下在說什麼啊？那是我想說的話。」

她氣勢萬千地走到哈迪斯面前，充滿氣勢地站著。

「她符合陛下的條件吧？未滿十四歲、看得見拉維大人的女性。」

雖然吉兒現在因為感知能力遲鈍無法肯定，但如果菲莉絲看得見拉維，一點也不奇怪。哈迪斯吃了一驚似的抬頭看向吉兒。

「菲莉絲王女應該能夠替代我。」

「不，說起來她——」

「一旦滿十四歲，身體就可能遭女神占據這件事也一樣。這麼說來，我的條件還比較不利。我絕對不會被女神操縱的時間只剩下四年而已。」

哈迪斯看來像沒想過這件事的樣子眨著眼。而吉兒瞪著他：

「禁止你無故接近菲莉絲王女或找她說話喔！」

「……」

「要是劈腿，我就把你全身用被子綑綁起來，吊在寢室的窗戶外。」

吉兒把手指折得劈啪作響施以壓力，哈迪斯趕緊頻頻點頭。不懂複雜的少女心，只會像個孩子說任性話的丈夫，讓人感到心煩，於是吉兒轉過身。

「我要去做龍騎士團的工作了。齊克，走吧！」

「這種時候還要去啊？」

「就是這種時候才更要去。要繼續瞞著我是龍妃的身分工作，那樣比較好行動——」

「吉兒。」

遭狠狠瞪了一眼後，哈迪斯好像覺得尷尬而別開眼，但繼續說道：

「我決定就算妳過了十四歲以後，還是要跟妳在一起。」

「所以呢？」

「咦？……這、這個嘛……也絕對不會劈腿。」

「然後呢？」

「然……然後——妳、妳出門小心……我等妳回來。」

「陛下，您說的都是理所當然的事啊。」

聽到吉兒毫不留情的指責，哈迪斯緊咬嘴唇然後說：

「今……今晚的晚飯是用奶油烤出焦痕的蒜香雞排、蒸熟的馬鈴薯和糖漬紅蘿蔔，點心是烤布丁佐鮮奶油！」

「最喜歡陛下了！我會努力工作的！」
「這樣就好了嗎……」
「這樣就好啦……」
雀躍地往外走的吉兒，聽到部下說的話，在心裡吐了吐舌頭。
（他說等我過了十四歲還是要跟我在一起。）
那個對女神厭惡無比的哈迪斯那麼決定，應該是一個很大的進步吧。
不過她已經決定不會慣著他，所以就算臉頰稍微變紅也要藏起來。

當他走進龍騎士團的士兵宿舍中的廚房時，異母的哥哥突然說道：
「我不會反對了。」
因為不明白他這句話的意圖，哈迪斯困惑地歪頭。里斯提亞德看了哈迪斯的打扮雖然感到痛苦，但並沒有提起這件事，繼續說道：
「我是指你和那個叫吉兒的少女結婚的事。我可沒記得同意過。」
「你真喜歡做些沒用的事呢，因為這件事無論你同意或不同意，都不會改變。」
聽到哈迪斯直率地表達自己的意見後，里斯提亞德用手指撫著眉間的皺紋沉默了一下。
「……說法不對，應該說我贊成。」

哈迪斯停下手邊的工作看向里斯提亞德，真心感到驚訝。

「真的嗎？為什麼？」

「那孩子把你照顧得很好——說實話，很多地方我百思不解，一個皇帝受十歲的孩子照顧到底是怎麼回事！不過，上次和王女對談的內容，也超越我能理解的範圍……孩子與大人的定義到底是什麼……？」

「你好像很煩惱？」

「是誰害的啊！……反正，總之我贊成就是了。你該好好感恩。」

「為什麼？」

「你這……真的不懂嗎？那孩子是克雷托斯出身的，幾乎沒有靠山吧？她不可能只靠你的寵愛在皇室中生存下來，皇室可沒那麼好混。」

「吉兒一定會存活到最後的。」

里斯提亞德雖然嘴裡哼了幾聲但無法反駁，看來這大概是對吉兒的強韌給予的評價吧。

不過，也能明白他會擔心的原因。

因為當哈迪斯被決定要跟疑似女神的少女締結婚約時，也不懂吉兒對他有何打算。老實說他甚至想，假如吉兒讓哈迪斯對她的期待達到那麼高之後才那樣隨手捨棄自己，不如扭斷她纖細的脖子好了。

但那是他太早下定論了。吉兒的答案超越了哈迪斯的預想。

（真不愧是我的妻子！）

真是太得意了～體內傳來一個沒禮貌的聲音。

『結果而言是很好沒錯……但小姑娘都盡做些會害我折壽好幾年的事……』

「明明是神，哪會有壽命。」

「喂，現在正在跟你說話的人是我。」

哈迪斯被輕輕戳了一下頭後回過神，里斯提亞德皺著眉認真地說道：

「你能跟龍神拉維大人對話這件事是真是假，我是不介意啦……」

「我也不介意別人怎麼想。」

「聽我說完。我要說的是，在跟人說話時別像那樣分心，不然對說話對象太沒禮貌了。」

哈迪斯從沒想到為別人著想這點。

里斯提亞德彷彿要對睜大眼睛的哈迪斯訓話般，雙手抱在胸前繼續說道：

「如果想要讓祂加入對話，你就得把內容好好翻譯出來讓其他人理解。」

「……啊啊，嗯，原來如此。」

拉維似乎也沒有反駁的意思，安靜了下來。心裡甚至還覺得有點高興。

不知道拉維心情的里斯提亞德露出擔心的表情，從上到下打量著哈迪斯。

「還有，你如果能再像皇帝一點就好了，即便只是看起來像也可以。」

「現在不要讓人知道我是皇帝比較好吧。」

「就算如此，也沒有在龍騎士團裡當主廚的皇帝！而且龍妃還一如往常的以龍騎士學徒的樣子到處走動……唔，我們國家已經墮落至此了啊……！」

看著獨自嘆息的里斯提亞德，哈迪斯感到茫然。

目前雖然只是形式上，但已經準備好要進行合作，不過距離真正舉兵還需要時間。艾琳西雅以「正在調查中」回覆格奧爾格的詢問爭取時間的同時，對於燒毀村莊的行為發出強烈批判的聲明。接著針對有領地預計遭燒毀的諸侯，以發出警告的名義聯絡，主導聚集物資與兵力的計畫。

只是在這期間，若被人發現哈迪斯在這裡就大事不妙了。然而，因為里斯提亞德極度反對讓哈迪斯回到原本藏身的房子，不過又不能被看見——於是有了這樣的折衷方案。

搬到龍騎士團的宿舍住，並隱藏身分在這裡工作。

所幸因為龍騎士團人數增加，以及接收村莊遭燒毀的村民後，施膳處需要人手。即便如此，里斯提亞德原本還是很反對，不過因為吉兒莫名其妙地主張：「陛下說不定能以廚藝將長相的焦點蒙混過去！」讓哈迪斯與長相不相上下的好手藝在轉眼間廣為眾人所知。從施膳處的助手開始到龍騎士團廚房長年僱用的資深主廚對他說：「之後交給你，我要引退了。」為止，僅花極短時間，就晉升為主導龍騎士團食堂的主廚了。

哈迪斯攪拌著在大鍋裡燉煮的本日湯品，並將試味道的碟子交給一臉憂愁的里斯提亞德。

「我覺得很好喝。」

「我知道，絕望般的再清楚不過了！大家都會等著『一邊期待今天的午飯是什麼一邊打開食堂大門』的那一刻呢，真是太好了！」

「那麼你怎麼聽起來不是很高興？」

「……沒什麼，只是不知道原來你那麼喜歡料理。」

「也不是那樣。啊啊，但我確實喜歡料理沒錯……」

哈迪斯知道里斯提亞德看了他一眼，是催促他繼續說下去的意思，於是試了味道後蓋上鍋蓋繼續說：

「如果我總是待在房間裡，吉兒可能會懷疑。」

「……啥？懷疑什麼？」

「劈腿。」

哈迪斯正眼看著里斯提亞德。

「吉兒如果知道我在這裡認真工作，也有其他人看得到，就不會懷疑我劈腿了吧？身體虛弱的克雷托斯王女殿下也不會來到這裡。」

「……那倒是沒有錯……」

「我不希望讓吉兒感到不安……因為，就是……那個……上次的那個。那個……就是吉、吉兒……在吃醋……」

「水在這，快喝吧。」

當心跳逐漸加快的時候，里斯提亞德半閉著眼遞了杯子過來。

在哈迪斯一口氣喝完水並深呼吸後，里斯提亞德誇張地聳了聳肩。

「我明白了……不對，應該說逐漸明白了才對。我該回去工作了。」

里斯提亞德以聯合訓練的名義叫來自己的龍騎士團，逐漸忙碌起來的全體龍騎士團都由他負責統領。

假設衝突正式爆發，里斯提亞德將會成為先鋒率領龍騎士團吧。忽然意識到這件事的哈迪斯停下手邊工作，翻找了下方的櫥櫃。

「這給你。」

那是原本打算要給吉兒的餅乾。有巧克力碎片、堅果，以及果醬夾心等不同種類。遞來的餅乾讓里斯提亞德訝異地眨眨眼，接著收下了。

「我就收下吧，如果妹妹在會很高興的。」

「……這、這樣啊，她喜歡甜食啊，可是……」

哈迪斯想起她看向他時恐懼的眼神而閉上了嘴。里斯提亞德迅速打開袋子，拿出一片餅乾在他面前咬了一口。

「芙莉達很膽小。」

芙莉達是里斯提亞德在帝都的親妹妹的名字，應該只有七歲左右。

「不只是見到你時那樣，她對第一次見面的人大多都會害怕得躲起來。」

「是……是這樣啊。」

「而且她第一次見到你時，是在你晉見父皇的時候。那時不只是芙莉達，年紀比我小的弟妹看到那樣的場景，要他們不害怕是不可能的。」

哈迪斯的腦中不禁浮現了父親跌落寶座向他乞求饒命的模樣。當時自己是怎麼回答的？他只記得自己笑了。

「你是哥哥，就當作沒辦法的事，別放在心上了。」

他確實也一直認為那是沒辦法的事，然而里斯提亞德所說的「沒辦法」卻是不同的意思。

（啊，原來是這樣，並不是因為我是怪物，而是因為我是哥哥啊。）

既然如此，那就沒辦法了。這句在心中冒出來的話，便直接說出口了。

「這樣啊，既然如此——那就沒辦法了。」

「哦，原來在這裡啊。好消息，哈迪斯、里斯提亞德！」

這下連艾琳西雅也出現在準備料理中的廚房。里斯提亞德嘆了口氣。

「拉維皇族全都聚集在騎士團的廚房裡，這是什麼情況？」

「你手上拿的是哈迪斯做的？真是好東西，也給我一塊。」

「皇姊，不要在沒打招呼前就先拿啊。」

「這種東西得大家一起吃才行，來，哈迪斯也吃。」

自己做的餅乾遞了一塊回來，這情景讓哈迪斯感到不可思議。現在自己正參與著哥哥姊姊的嬉鬧當中。

「所以，妳說的好消息是什麼？」

「跟維賽爾聯絡上了。」

聽到親哥哥的名字讓哈迪斯將臉轉向艾琳西雅，她用力點點頭。

「他很擔心你，現在也朝說服皇叔的方向行動的樣子。我告訴他，如果行不通，至少提供情報給我們。里斯提亞德，芙莉達也平安喔。」

里斯提亞德睜大雙眼，果然還是很擔心妹妹吧。他原本總是感到不悅的神情變得和緩許多。

「這樣啊，她沒有感到害怕就好……那麼其他弟妹或是母后——皇妃殿下他們呢？」

「皇族所有人都平安無事，雖然禁止與外部接觸或外出，但皇叔把監視工作交給維賽爾，所以可能可以與他們取得聯絡。話雖如此，也沒有必要勉強聯絡。」

「若他與我們接觸的事被發現，出了什麼事就無法去救他們了。」

聽了哈迪斯的話，艾琳西雅點點頭。

「沒錯，接下來就是在檯面下進行準備，等著一次決勝負了。維賽爾也會一起朝那個方針行動。這樣你們都沒問題吧？」

「我反對依靠維賽爾。」

在哈迪斯點頭前，里斯提亞德明確地說道。當他們看向他時，只見他煩躁地一口接一口啃著餅乾。

「那傢伙跟皇叔的女兒訂有婚約，他可是有皇叔作為後盾，是斐亞拉特公爵的手下耶！」

「那是因為維賽爾為了當皇太子必須的後盾。這種事你也明白吧？」

「哼，那又如何。我和哈迪斯一樣……不，我比哈迪斯還討厭維賽爾。」

「你現在該不會打算說應該由你來當皇太子吧？」

「論身分優先順序而言是這樣沒錯！而且……算了。」

不知為何，里斯提亞德在看了哈迪斯後別開臉。

「總之，現在是緊急狀況，能用的資源都要拿來用。」

「你就直說會幫忙就好了嘛！哈迪斯也沒問題吧？」

哈迪斯點點頭，艾琳西雅笑著說了「這樣啊」大力地拍拍他的背。雖然非常痛，卻沒有任何不愉快的感受，心裡甚至有點暖暖的。

（如果能這樣下去就好了。）

嗯，拉維點點頭回道。不過和女神本質相同的自己，在心中嘲笑著事情怎麼可能那麼簡單，只是現在不想做任何反駁。

「嗨，今天沒有去訓練而是在洗衣服？」

將剛剛拿回的熱水倒入金屬洗衣盆的吉兒，看了出現在鋪著石板地的洗衣場的那人物一眼，便收回視線。

「勞倫斯，你剛剛也在訓練場吧？那不就都看見了嗎？」

「被發現了啊。齊克不過來嗎？他是妳的部下吧？」

即使沒有明說過這層關係，他還是看得很清楚。如此心想的吉兒聳聳肩。

「齊克正在訓練。身為騎士團的學徒，那是應該的吧。」

「但妳也一樣是學徒啊。經常有人認為女人就該洗衣服呢！不過這樣對年紀這麼小的女孩，實在太過分了。」

「就算我不是女孩而是男的，也一樣會發生同樣的事。」

就像以前你和我一起在士官學校被對待的方式一樣。她在心裡想著。

勞倫斯走到樹蔭下的洗衣場，拿出全新的肥皂給吉兒看。

「妳可以拿去用。我剛剛看到丟給妳洗衣工作的傢伙偷偷藏起來了。」

「啊啊，難怪我到處都找不到。謝謝你，真是忙了大忙。」

「妳的反應真平淡，不會認為他們很過分嗎？」

「不能參加訓練是很痛苦，因為身體會變遲鈍。不過洗衣服也是很重要的工作。」

「妳可是龍妃。」

「那只代表我是龍帝的妻子吧。」

勞倫斯吃驚地睜大眼後，臉上浮現苦笑，從口袋中拿出小刀將肥皂從邊角切了幾塊丟入洗衣盆中。

「反正用了這個可以節省一點工夫，要洗的衣物只有那個籃子裡的而已嗎？」

「你要幫我的忙嗎？你的訓練呢？」

「我的志願是後方支援，所以這也是訓練喔！」

吉兒對於他說的歪理感到不可思議，但還是用指尖在盆中攪拌起來。最近天氣變得暖和，所以水的溫度很難降下來。如果用現在的水溫直接洗，應該會傷到衣服的材質。

趁等待水溫降下來期間，吉兒決定做些伸展運動而開始拉筋時，勞倫斯背靠在樹枝長到能為洗衣場遮陰的粗大樹幹上，對她開口：

「我的姊姊啊，在克雷托斯國王陛下——克雷托斯南國王的後宮裡。」

那件事，她曾在士官學校時期聽勞倫斯本人說過。

克雷托斯國王現在將大部分的政務都丟給傑拉爾德處理，一年中有大半時光都在克雷托斯南方度過。他旁若無人的行徑，甚至被大家揶揄地稱為南國王而非國王陛下，傑拉爾德為此也傷透腦筋。而那個南國王建造的南方城鎮中，有一座充斥金錢與色欲的非官方所屬的後宮。勞倫斯美麗的姊姊就代替了母親，從家鄉被賣到南國王的後宮中。

聽說一旦進入那裡面就無法再活著出來，所以勞倫斯為了從裡面救出姊姊，成了傑拉爾德的部下。原因是傑拉爾德為了想導正因現任國王失職的執政而腐敗的王宮，打算儘早將身為親生父親的國王從王座上拉下來。

（就算他發現我是克雷托斯的人，為什麼要現在對我說這些……）

吉兒因警戒而皺起眉頭，勞倫斯看到她的神情則笑了出來。

「妳果然知道些什麼。」

「——咦？」

「聽到我說這件事的人，有兩種反應。不是因為不懂其中含意感到佩服，就是感到同情。但妳兩者都不是，而是想知道我想試探什麼，等著我的反應。」

勞倫斯在樹蔭下，宛如試探著什麼般歪著頭。

「妳果然知道我的事吧？」

「才、才沒那種事——沒、沒錯，在傑拉爾德王子的生日派對上……」

「我並沒有參加那場生日派對喔。再說，妳並不是傑拉爾德王子的未婚妻，我可沒無能到會對妳展示手中擁有的牌。也就是說，妳在克雷托斯幾乎沒有機會知道我。」

他一步步逼近核心的話，讓她感到冷汗直流。

（幾乎不可能便表示還有一點可能……不對，我還是別再隨便說了，嗯。）

否則只是無端被他拿到話柄而已。不要挑戰贏不了的對手，這也是他的教導。

「然而，為什麼我不是菲莉絲王女的部下，而是傑拉爾德王子的部下，妳知道原因嗎？」

吉兒忍不住抬起頭，當看到勞倫斯的視線時便發現自己遭到算計。

「妳用那種表情看我就是破綻了啊。」

「你的個性還是一樣惡劣啊！」

「喔，**還是一樣**。可以問問這話是什麼意思嗎？」

「啊——真是的，你有想說的話就快點直說！」

「我對妳很有興趣。因為妳不但不屑傑拉爾德王子的求婚，現在又緊抓住拉維皇帝的心。」

被這樣直接地回答後，困惑使她的臉扭曲起來。

「……難道，你也對小女孩有興趣？」

「別對我說那麼沒禮貌的話好嗎？我又不是傑拉爾德王子或皇帝陛下。」

勞倫斯拐著彎指責那兩人，但表情柔和地繼續說道：

「該怎麼說明才好呢……對了，現在繼諸侯們之後，也與維賽爾皇太子取得聯繫了。預計在召集一定程度的兵力之後，會公布皇帝與菲莉絲王女的所在地點，說服格奧爾格大人投降。妳對這件事有什麼看法？」

「……如果維賽爾皇太子背叛我們，就全部功虧一簣了。」

「妳懷疑大伯啊？但聽說皇帝和親哥哥的關係很好。」

「我並沒有跟維賽爾皇太子見過面，最重要的是，我站在陛下這邊。」

既然站在陛下這邊，就只能期望對方也是同樣立場，不過她並不認為事情會照著期望發展。

「既然站在皇帝這邊，妳對維賽爾皇太子——不，不只皇太子，艾琳西雅殿下與里斯提亞德殿下也有背叛的可能，妳隨時在思考這些事嗎？」

「我並非所有事都會懷疑喔！只是一邊讓事情不變成那樣，一邊跟隨陛下而已。」

「對，就是這個。在我看來，妳彷彿知道事情**會變成那樣**，我就是對這點非常有興趣。」

她心臟漏了一拍，身體變得僵硬不已，勞倫斯因此笑了。真是夠了，被他單方面地玩弄實在讓人火大，於是吉兒也笑著回覆他：

「……如果你願意成為我的部下，我就把事實告訴你喔。」

吃了一驚的勞倫斯用手摀住嘴。

「……我沒想到妳會那麼說呢。」

「你做不到吧？那我們就不要繼續彼此試探了。畢竟你為了姊姊，還是得回到克雷托斯才行吧。所以我並不知道你的事情。」

在驚訝地張大眼睛後，勞倫斯的手放在嘴上說道：

「……難道妳打算放過我嗎？我並沒有想過能逃過一劫……總覺得心裡不是很暢快，居然被妳這樣的小孩擔心。」

「不過若是對陛下出手，就是另一回事了。」

只是稍微牽制一下，勞倫斯似乎變得有點慌亂，他瞇起眼睛。

「……如果妳願意接受傑拉爾德王子的求婚，我就能成為妳的部下嘍？」

「請容我拒絕！」

吉兒以充滿敵意的氣勢極力否決，讓勞倫斯百思不得其解地笑出聲來。

「妳居然那麼討厭他，那位王子殿下真是太失敗了。不過，若妳願意回克雷托斯，可能還有商量的餘地……對了，不如來當我的戀人如何？」

「啥？我只想讓你成為我的部下，當戀人什麼的，就算只是開玩笑我也不要。」

「……只是開個玩笑卻遭到全力否定，真受傷啊。那個皇帝到底哪裡讓妳那麼喜歡他？」

「他做的料理很好吃！」

吉兒強而有力地斷言後，勞倫斯的臉頰抽了一下。

「……咦，就這樣？」

「這個理由已經很充分。好了，聊天時間結束，要開始洗衣服了，請你拿籃子過來。數量不是很多，我們趕快洗完吧。」

吉兒將手指放入水面，水變成溫水了。她脫下鞋子打著赤腳等待，勞倫斯一臉無法釋懷，拿起裝著衣物的籃子時——表情變得嚴肅。

「……這些……不是男性的內褲嗎？」

「沒錯呀？」

勞倫斯用前所未有的認真臉色，問了再明顯不過的問題。

「他們……讓妳……洗這個？」

「對。」

「……妳知道這是什麼意思吧？這——」

「不管到哪裡都有變態。好了，請快點倒進來這裡，我不想一個一個跟他們計較。」

「不，去做吧！去教訓他們吧！這已經不是找麻煩的程度了！」

這是他們重逢後，勞倫斯第一次變了臉色大聲怒吼。到底是什麼事讓他那麼震驚？吉兒看著雙手認真地思考著。

「到底是哪個傢伙讓妳這樣的女孩做出這種事？」

「你想去調查嗎？好像有不少人喔。」

「我不想調查……」

勞倫斯以極度不悅的神情嘀咕道。吉兒用力搶過他手中的籃子，把髒汙的衣物全部倒入洗衣盆中。

「放心吧！我在洗的時候會用力搓，把它們全部洗出洞來。」

「在做這些之前，妳至少該向皇帝說這些事。如果妳覺得不好對他開口，也可以向艾琳西雅殿下說——要不然我幫妳去說也可以。」

「請不要說傻話了，陛下要是知道，事情就不得了了。」

「的確，若讓皇帝震怒，那些傢伙應該就會遭到開除，不過就算那樣也是他們活該。妳的個性應該會說不希望他擔心吧？但是隱瞞這種事並不好。」

「不是那樣，你聽好了……」

吉兒轉向勞倫斯，挺直了背脊。

「假如陛下知道我被找麻煩的事，不就可能會難過得哭出來嗎？或者可能會開始往執行恐怖政治這種奇怪的方向走。不過不管怎麼樣，你知道要安撫他有多辛苦嗎……！」

「……我說妳，他那麼沒用到底哪一點好？」

「他做的料理好吃這點好！」

這第二次的宣示，勞倫斯向後仰頭。

「難不成我現在正在被耍嗎？……知道了，衣服我來洗吧。」

「咦？」

「要把妳勸回克雷托斯，我得先抬高自己的身價才行呢。」

儘管不知這話是真心的還是玩笑話，但勞倫斯蹲下來，捲起袖子，拿起洗衣板開始洗衣服。最後，吉兒只有幫忙換水而已，他沒有讓她碰到任何一件衣物。

（這傢伙在這種地方居然這麼紳士啊。）

而且在那之後，勞倫斯找了齊克，一個一個找出衣物的主人，並叫到隱密處教訓了一頓。至於齊克在隱密處對那些人做了什麼，心知肚明就好。

無論如何，對於打算萬一有什麼狀況就踢飛對方，還有不擅長在事後善後的吉兒而言，實在幫了大忙。畢竟她認為倘若被哈迪斯知道是最麻煩的。

不過在那天晚上，當吉兒從躲藏的家來到位於艾琳西雅和里斯提亞德居住的上級軍官宿舍，進入哈迪斯的房間準備進行報告與打招呼時，發現丈夫正抱著膝蓋坐在房間角落。

「……陛下，怎麼了？」

哈迪斯身旁的卡米拉聳了聳肩。

「啊～太好了，吉兒。陛下你看，吉兒來了唷！看吧，我就說沒有問題。那種事情只是傳聞啦。」

「傳聞？」

吉兒疑惑地歪著頭，哈迪斯維持抱膝的坐姿靈活地把身體轉過來。

但是他的視線充滿了不信任。

「……聽說妳有一個在交往的男人，對方是個龍騎士學徒的少年……」

「啥？」

「我、我在食堂聽到的……有人受他威脅，說妳是他的戀人，不准對妳出手……我、我問了齊克，他說就當作事情是那樣……！」

「這、這是怎麼回事？」

吉兒吃驚地大喊，齊克應了聲，沒有惡意的回答：

「他說要牽制找隊長麻煩的人，用這個辦法最快，我也覺得他說得有道理～」

「不，請等一下，那個戀人難道是勞倫斯嗎？」

「對對對，那傢伙就叫那個名字。因為對象如果是我就太勉強了，那傢伙才十五歲，所以還可以……」

「不可能喔！我才十歲耶！而且話說回來這件事——難道那個笨蛋打算找我麻煩嗎！」

「你們果然認識啊……」

哈迪斯發出有氣無力的聲音彷彿在地上爬，吉兒愣住了。

卡米拉嘆了氣，齊克則事不關己的吹著口哨。

「我、我因為……絕對不想讓妳不安，而當上主廚……沒、沒想到會這樣，太過分了吧？還是最、最重要的妳劈、劈、劈腿……」

「不、不是那樣，陛下！請冷靜！」

「反正只要會做料理的男人，不管是誰都可以吧？我是這樣聽說的！」

「聽誰說的？」

「啊～吉兒確實有這個特質呢。」

「勞倫斯那傢伙也說自己很擅長料理喔。」

部下們不負責任地從旁插嘴。正當她準備怒斥「別搧風點火當好玩」時，哈迪斯的雙眼瞬間變得淚眼汪汪。

「妳、妳吃過其他男人做的料理了嗎……嗚！」

「那當然一定有吃過……不是那樣，陛下，事情不是那樣……對了，我最喜歡的就是陛下做的料理了！」

「果然妳跟我只有料理上的關係！」

「真是麻煩！」

「真是麻煩？妳剛剛說了麻煩？」

「不小心就說出內心話了，對不起！總之，我會好好說明……」

「不要，我不要聽妳的藉口……唔！」

哈迪斯在原地留下閃閃動人的淚水後，便逃也似的躲進旁邊的寢室裡了。看到這個宛如受到傷害的少女離場的場面，吉兒當場傻住，稍後才回神。她敲了敲寢室的房門。

「陛下，你把自己關在裡面不是辦法啊，這麼做沒有意義吧？」

「天哪，真是修羅場啊……」

「十歲和十九歲的修羅場真是驚人。」

「你們不要光在旁邊看，快來說服陛下——啊，門沒鎖……」

這就是那個吧，難道是家家酒嗎？吉兒的表情變得若有所思，卡米拉的手指繞著頭髮，一邊將頭髮纏在手指上，一邊對吉兒說：

「吉兒，對於真心在玩的對手可不能鬆懈喔。」

「說不必要的話只會把事情搞得更複雜，最後辛苦的還是隊長。話說回來，沒有先跟我們商量是妳不好。」

原來如此，部下沒有對哈迪斯說明事情發生的原因又看好戲，看來是因為她沒有找他們商量的報復。

確實沒有什麼好隱瞞的。

反省過的吉兒，輕輕地推開寢室的門。哈迪斯從頭上蓋著被子，在床上縮成一團。床邊只有檯燈是點亮的。

「陛下。」

被呼喚的那團被子稍微扭動了一下。

「我和勞倫斯之間真的什麼都沒有。這件事說到底，是因為我被找了一些無聊的麻煩……」

「找麻煩？」

哈迪斯的臉從被子中出現，並轉向她。看到他擔心的眼神，吉兒眨了眨眼察覺到一件事。

——若換成哈迪斯被找了無聊的麻煩，在吉兒不知道這些事的時候，自己和其他女性把事情解決了，當她知道後，心情又會如何呢？

大概會因為哈迪斯受人幫助而感到感謝吧。然而事情並不會這樣結束，因為她希望自己能幫他，或希望他至少能找她商量，心中一定會充滿這種任性的心情。再甚者，如果她聽到他為了處理被找麻煩的事，和那個幫忙的女性傳出交往的傳聞呢？

「……陛下，請現在立刻把我綑綁起來吊在窗外。」

「為什麼突然那麼說？」

「因為如果換成我被做了同樣的事，我就會把陛下吊起來！還會用力甩來甩去！」

「好、好像意外地很有趣……不對，找麻煩的事怎麼樣了？」

「對、對了，找麻煩。我想過了，如果陛下和我一樣……」

如果被找麻煩得洗其他女性的內衣……

「……只能殺掉了……？」

「等等，吉兒，妳的表情好恐怖！而且不清楚妳說話的邏輯，感覺更恐怖了！我、我感受到妳有反省的意思了，那個、是我太不成熟，對不起。」

看到哈迪斯端正地坐直，吉兒吃驚地搖搖頭。

「陛下沒有不對！是我不該沒有確實聯絡跟報告！」

「沒有啦，我也有點壞心眼——其他的男人，總是會有辦法解決的。」

「什麼……？」

會有辦法解決是打算怎麼做？正當她歪著頭思考時，忽然被抱起來。

「我動不動就想向妳撒嬌，真是壞習慣。」

吉兒坐到哈迪斯膝上，在微弱的光線中，金色的眼瞳正對著她微笑。那是凡親眼所見都會受蠱惑的夢幻之色，雖然美麗，又有被捕捉住的感受。

「對不起，告訴我吧，會好好聽的。」

哈迪斯用出乎意料成熟又溫柔的語氣那麼一說，原本自我反省的愧疚以及對假想敵的怒意都不知跑哪兒去了。

那些情緒消失後，留下的只有奇妙的害羞與尷尬，吉兒只能把自己的額頭靠近哈迪斯肩膀附近，藏起臉。

「……真、真的不是很嚴重的事耶？」

「哪裡不是很嚴重？妳都跟我以外的男人傳出緋聞了。」

「那、那個……是沒錯。我反省過了，但……那個，可以重新來過嗎？從陛下懷疑我劈腿，又哭又生氣那邊開始。」

「為什麼？我為了不讓妳感到困擾，可是好好地遵照禮儀端正自己的行為。」

這個臉上露出純真笑容的男人，一定知道吉兒心裡動搖了。明明知道卻又假裝沒有發現。

吉兒在內心咬緊牙根，試著做最後的抵抗。

「那個……只要有節制，陛下可以一直向我撒嬌沒問題喔。」

「妳不是說不要過於縱容我嗎？」

「作、作戰方針改變了。」

「擁有柔軟的思考力證明妳很優秀。但是吉兒，敵人未必會如願對妳的方針上鉤喔。因為妳改變作戰方針的原因，只是因為『這樣下去會輸』而已。」

一語中的，完全無法反駁。

「所以，我想要維持現狀聽妳說出原委。」

「唔……如、如果我老實說，陛下會維持現在禮儀端正的狀態嗎？」

「當然——發生什麼事了？」

那個禮儀端正的敵人不但沒對自己改變作戰的方針上鉤，自己還一五一十地吐露發生的事。這簡直就是審問，不，是拷問了吧。

而讓她感到欣慰的是，聽完被找麻煩的事，哈迪斯說出：「看來只能殺了他們……？」這個和吉兒一樣的結論。夫妻兩人的思考方向相同，非常令人高興。

不過，從哈迪斯手中搶下菜刀的里斯提亞德，也對吉兒的隱瞞斥責一頓，艾琳西雅則一臉歉意地說：「因為是規定……」請她提出不擅長寫的報告書，體驗到了一連串不近情理的事情。

——在這些事之後，便收到維賽爾皇太子指定祕密派遣援軍的接收地點與日期。

穿過位於諾以特拉爾西北方的森林，在龍的巢穴附近的河川上游處，就是維賽爾指定的接收場所。據說是以為了搜索哈迪斯的名義而準備的兵力，因此只準備了數頭嚴格管理的龍，以及騎乘牠們的龍騎士。

而負責接收這端的吉兒一行人，因為回程要混入那些士兵中一起回去比較安全，被附加要求前往接收地點的這段路不要使用龍。

這樣的安排，最大的問題是機動性太差。

假若派遣士兵的事讓格奧爾格知道而派龍傳令，轉眼間就會抵達了，在會議中討論這個疑慮時，哈迪斯乾脆地說：

「那我去就好了。」

率先提出反對的是，只要與哈迪斯有關的事就立刻有反應的里斯提亞德。

「我跟你說過多少次，要有身為皇帝的自覺！何況你現在還不能好好使用魔力呢！」

「但只要是我，即便是現在的狀態還是能控制住龍，我認為我去很恰當。」

「如果只是那樣，身為拉維皇族的我去也行！雖然沒有你那麼強大，對於龍的操縱還是小有心得的。就這麼決定。」

里斯提亞德傲慢地下了決定，然而哈迪斯搖搖頭。

「不行，一點也不可靠——」

「是我聽錯了吧，不會有問題的。」

「陛下，里斯提亞德殿下是擔心您喔。」

會議室裡，座位在哈迪斯旁邊的吉兒拉拉他的衣袖說道，哈迪斯露出吃驚的表情後，有點吞吞吐吐地說：

「是、是嗎——不然，呃，你來輔助我好不好？」

「問好不好是什麼意思！要就下命令不然就委任我！」

「會議還在進行，你們兄弟要吵晚點再吵。聽好了，我不能離開這裡，皇叔不但懷疑這裡，也給了維賽爾警告，我更走不開。不過，里斯提亞德檯面上來到這裡的原因是聯合演習，帶著部下出去，就算被發現也還有藉口能說，若有個萬一，應該會比哈迪斯吃得開，所以你們一起去是個好辦法。」

哈迪斯惹怒里斯提亞德，接著艾琳西雅苦笑著從中協調，提出折衷辦法。會議在這幅大家逐漸習慣的情景中持續進行，編列出要前往會合地點的少人數隊伍。

騎乘馬匹成為了移動主要手段，人數則以兩隻手可以數得出來。

「以馬匹移動到會合地點的距離需要兩天左右，不用著急趕路。大家要各自隨時帶著最低限度的糧食和旅費，明白嗎？特別是哈迪斯和里斯提亞德。」

「皇姊，妳會點名哈迪斯很正常，為什麼要提我？」

「因為你看起來最不懂人情世故。聽好了，哈迪斯，儘量避免惹怒里斯提亞德的言行。」
艾琳西雅伸手摸了摸一臉不甘願的哈迪斯的頭。接著輕輕戳了戳里斯提亞德的頭。
「你不要欺負哈迪斯，聽見沒？」
「請教一下，我什麼時候在哪裡欺負這傢伙了？」
「我是指你既然主張自己是大兩個月的哥哥，行為上就要拿出那個樣子。你們倆都聽好了，不管發生什麼事都要相親相愛地相處，都聽到了吧！——要平安回來。」
艾琳西雅細長的兩隻手臂大大張開，抱住哈迪斯與里斯提亞德，展露了姊姊送弟弟出門的神情。不知是否知道姊姊的心情，哈迪斯和里斯提亞德都靜靜地沒有出聲。看著這個畫面，吉兒忍不住笑了出來。
「陛下對姊姊說的話也無法反抗呢。」
「才不是那樣。」
「吉兒。」
艾琳西雅拍拍有點鬧彆扭的哈迪斯的背，最後轉過去面向吉兒。
「妳還只是個孩子，對妳說這句話好像有點怪……但我的弟弟們就拜託了。」
「我明白了。」
最後她們互相握了手，趁夜色未明前悄悄地從諾以特拉爾堡壘城市展開旅途。
旅途雖然並不寬裕也不輕鬆，但一路順利——除了一個問題以外。
「我問你唷，勞倫斯，這邊要往右呢～？還是往左～？」

「往左邊。」

騎在馬上負責引路的勞倫斯，看著地圖簡要地答道：

「雖然會稍微繞點遠路，但那裡有古老的道路，基於不會引人注目這點而言，走那邊是最適合的。以防萬一，已經請齊克先過去探路……」

「喂，這邊完全沒有人喔！」

「——話雖如此，但你是從右邊的路回來，齊克。我拜託你去探的路應該是左邊那條吧？」

「啊啊抱歉，我走到一半就忘記是哪邊了。」

看到齊克一副毫不在意的模樣，勞倫斯保持笑容閉上了嘴。那八成是認為說了也沒用，在消化心情的時間。卡米拉則傷腦筋的嘆了口氣。

「對不起呀，勞倫斯。如我所說，他就是個連偵查都做不好的笨蛋。」

「妳好煩啊。不過，左邊那條路真的很多人喔，聽說有稀奇的東西出現了，所以要往右邊才對。總之只要方向正確就會抵達了吧。」

「那麼說未免太隨便……我們也需要能夠野營的地方啊。」

「不過混入人數眾多的人群當中也是個方法吧？走原本想走的路也可以，那個稀奇的東西也很令人好奇。」

「哈哈，不錯嘛，聽起來真是有趣……不能用那種理由決定吧？」

「前面那三個人沒問題嗎？特別是那個菲莉絲王女的隨從。」

聽到里斯提亞德傻住的聲音，與哈迪斯乘坐同一匹馬的吉兒回過頭去。

「沒問題喔，我認為那樣就表示他們處得很好。」

眼前的畫面讓吉兒稍微感到懷念。思緒井井有條的勞倫斯和對那些事毫不介意的齊克，以及居中協調的卡米拉。

「雖然走哪條路也很重要，但今晚要在哪裡休息？」

「……關於野營地點，我已經說明過很多次了吧？」

「有嗎？那是從地圖上看到的地方吧，怎麼能當參考。」

「說得也是，那麼齊克，你先去看看。」

「什麼？你自己去啦！」

「請等一下，如果讓齊克去，又會發生跟剛剛一樣的狀況吧？這件事還是——」

「我可不去喔！」

「你真沒用耶，沒辦法了，喂，我們走吧！」

「咦，什麼？難道我要一起去嗎？請等一下，等等！」

勞倫斯騎的馬被齊克拍了屁股便跑了起來，齊克接著說：

「沒想到你的身體核心不錯，說不定很有兩把刷子。不要偷懶啊，你這狸貓。」

「哈、哈哈……我是狸貓嗎……狸貓……」

「請慢走～狸貓少爺和熊男。」

卡米拉輕鬆地揮著手目送兩人離去。吉兒握緊了自己只是做做樣子而抓著的馬韁繩。

（狸貓啊，總覺得好不可思議。彷彿回到過去……不對，彷彿回到未來一樣。）

「他們三個這麼快就處得那麼好了。」

哈迪斯的聲調，讓吉兒心裡一驚。她抬起頭，哈迪斯帶著爽朗明亮的笑容繼續說：

「他們看起來真開心。吉兒，如果妳比較想過去那邊，可以不必顧慮，直接告訴我。」

「陛、陛下……還會在意勞倫斯的事情嗎？」

「我不在意喔，一點也不在意。像妳特地指定他來擔任引路的角色這種事，我完～全、一點點、全都不在意。還有打招呼時，他對我沒禮貌又厚臉皮說的話，我也完～全不在意。」

哈迪斯雖然臉上笑著，但眼睛一點笑意也沒有，甚至隱約感受到他的眼神也沒有距焦。從背後傳來的壓力非常強大。

在這次的旅途當中，要面對的問題是這個。

陪同哈迪斯一同前往接收士兵地點的人有吉兒、齊克與卡米拉。而吉兒特地指名要勞倫斯加入他們。

即使吉兒假裝不知情，她不能放著可能正為傑拉爾德當間諜的勞倫斯四處打探消息。加上菲莉絲王女確定會留在諾以特拉爾城裡，讓他離開她身邊也是目的之一。

（不知道菲莉絲王女單獨一人可以做些什麼，把勞倫斯從她身邊帶開可能沒意義，但……）

但勞倫斯製造的戀人傳聞，一直讓哈迪斯非常在意。

「陛下，我已經說過很多次了，那個傳聞只是為了牽制別人的謊言。」

「嗯，我知道。勞倫斯也這樣告訴我了，用一個意味深長的笑臉，說什麼既然是龍帝應該不會在意他那種年輕小子之類的話，實在非常有膽量啊！」

勞倫斯完全是來挑釁的。吉兒抱著想咬牙切齒的心情沉默著。

「我不是懷疑妳喔，指名他應該有妳的考量。」

「……那、那就不必那麼生氣……」

「我也沒有生氣喔，只是──單純看他不順眼而已。」

哈迪斯壓低的聲音與重壓，讓吉兒嗚咽了一聲。在挺直背脊後，把馬騎到旁邊的里斯提亞德輕輕拍了哈迪斯的頭。

「快住手吧，真小孩子氣。要堂堂正正的拿出自信來，表現得像皇帝啊。」

「因為我是皇帝這種理由沒有說服力，我現在只是個廚師而已！」

「那個設定該結束了吧？算了，像你這種人，大概都是事到臨頭才會好好發揮吧。」

只是說個幾句，就讓哈迪斯無言以對地眨著眼睛。吉兒對此感到佩服。

（里斯提亞德殿下愈來愈知道怎麼跟陛下相處了呢……能夠像這樣讓陛下無言以對的人，不久前只有拉維大人和我而已……嗯？）

她忽然覺得胸口一陣刺痛，抬頭看向哈迪斯。直到剛剛為止眼裡只看著吉兒的哈迪斯，現在正為了反駁里斯提亞德反而被一番言論駁倒。

這是件好事。是幅美好的兄弟互動景象。

然而，為什麼心中會感到鬱悶不已呢？

「雖然人數不多，但也有我的部下在看著。別讓他們看到太丟臉的樣子。」

里斯提亞德最後再拍一下哈迪斯的頭之後才往前進，過去與在前面開路的卡米拉交換位置。

「明明不用打我那麼多次……吉兒？」

敏銳的哈迪斯似乎察覺了吉兒的變化。

「——和里斯提亞德殿下的感情變好，真是太好了呢，陛下。」

「啊，嗯……？咦？剛剛發生了什麼讓妳生氣的事嗎？」

隱瞞事情並不好。想起這件事的吉兒鼓起臉頰，將背後倚在哈迪斯的胸前。

「我的語氣不好，對不起。陛下，我好像意外地容易吃醋。」

「……」

沉默的片刻中，頭上傳來「砰」的一聲，不知何時來到旁邊的卡米拉，眼明手快地接住了在馬上頭暈目眩的哈迪斯。

「我就覺得應該差不多了……」

「什麼事差不多了？」

「就是差不多到了吉兒搞砸的時候啊。好了，陛下，振作點，你可是載著吉兒啊。」

「卡、卡米拉……我的妻子好可愛！我該怎麼辦才好？」

「那就等到了野營地點之後再說嘍，那方面的事就交給姊姊我吧～！」

「請等一下，卡米拉，你又打算教陛下一些不正經的東西了吧？」

「因為是吉兒不好，對吧？」

突然被卡米拉用食指用力指著鼻尖，吉兒的身體不禁往後退。

「那個狸貓少爺是什麼人？是妳在克雷托斯認識的人嗎？」

「也、也不是那樣……」

「那孩子只要一有空檔就會看著妳，感覺對妳興致勃勃的喔。」

卡米拉在馬上調整姿勢，和吉兒他們並排而騎。

「他擺明是把吉兒當目標，所以離開王女殿下身邊跟著我們一起來的。只不過吉兒，妳也知道他的想法才指名他的吧？你們到底是什麼關係？在這麼重要的局面下有所隱瞞，也難怪陛下會心情不好呀。」

大概是因為卡米拉站在自己這邊讓哈迪斯很高興，吉兒偷偷抬頭看了一眼，發現哈迪斯正笑著聽她與卡米拉的對話，她有些不甘心。

「什麼嘛，陛下，原來你只是在懷疑勞倫斯，不是因為吃醋啊。」

「唔……這種時候這麼說未免太卑鄙……！」

「吉兒，不要再追殺陛下了。還有，我不會讓妳蒙混過去。齊克說只要是隊長決定的事就不會再過問，但我跟他可不同喔。那位殿下一定也是。」

卡米拉的食指指尖筆直地往里斯提亞德的背影指去。

「現在對於克雷托斯的情報來源還在觀望中，關於這件事，妳怎麼想？接收士兵本身很有可能是個陷阱，卻讓可疑人物跟我們同行，其中原因不能說，是因為不信任我們嗎？」

對事情有所隱瞞並不好——難道勞倫斯是預見了這件事才給她忠告的嗎？

（很有可能啊，那傢伙腦袋運轉的速度很快。）

那就表示，說出來也沒關係吧。

「……那個人，如果我沒記錯，他不是菲莉絲王女的部下，而是傑拉爾德王子的部下。」

心中期望著他們會誤以為她是還在克雷托斯時就知道這件事，吉兒只說出這個結論。

卡米拉仰起頭，那是他進入說教模式前的習慣。

「我說妳啊，吉兒，為什麼要瞞著這麼重要的事——」

「不過，請不要對他出手。他還有個姊姊，被帶進克雷托斯國王陛下的南邊後宮了。」

卡米拉彷彿知道其中意義似的，同情地皺了眉頭。如同勞倫斯之前說過的。

「那是……克雷托斯南國王的那個？」

「在這裡也很有名啊？沒有錯，那個放著不管雖然很安全，一旦刺激到他就不知會做出什麼事的南國王。勞倫斯是為了想辦法從那個後宮救出姊姊才進入宮裡任職，而成為傑拉爾德殿下的部下。」

「……是很值得同情，但事情一碼歸一碼呀。菲莉絲王女應該是希望造就兩國和平局面才瞞著傑拉爾德王子過來吧？那件事無論是真是假，都不在傑拉爾德王子的盤算之中吧。畢竟敵人的背後可能是傑拉爾德王子在主導。」

「正因為如此，我更希望他能平安無事地回去。」

一直神情嚴肅的卡米拉眨了眨眼。

「他非常有可能知道傑拉爾德王子手中握有的內情，也是有能力的人。請想辦法把他捲入這一切當中，這樣他就會為了讓自己存活而行動。」

「……這樣啊……原來如此。是要我們用這種方式利用他。」

「然後請讓他回到克雷托斯去。」

「那是真心話嗎？」

吉兒無法回答卡米拉的反問，畢竟吉兒知道……

那個勞倫斯最後沒有趕上的未來。

（所以現在，沒有理由阻止那傢伙拚全力達成目的。）

還有幾年的時間。加上自己在這裡的關係，勞倫斯沒有成為吉兒的副官，應該不會走上和以前相同的道路才對。也就是說，他還有可能趕上。

正當她抿著嘴唇時，臉頰忽然被卡米拉的食指戳出一個凹陷。

「我明白妳計畫的方向了。但是吉兒……」

戳著她臉的手指轉動起來。

「像那種事情要趕快告訴我們吧？姊姊生氣了喔？」

「對、對不起，我想著就算沒說，卡米拉和齊克也會明白……！」

而實際上，卡米拉他們的眼睛一直沒離開過勞倫斯。在她那麼說後，前部下中察言觀色能力第一名的卡米拉，放下戳在臉頰上的手指。

「既然妳那麼說就原諒妳，但報告、聯絡、溝通很重要喔。算了，我明白妳的方針了。」

「啊，卡米拉，蘇堤牠們呢？」

「別擔心，在這裡呢，妳看。」

卡米拉拍拍從馬鞍上垂掛下來的行李袋，整體上已經沒有小雞模樣的蘇堤，困惑地從袋子裡探出頭。在牠腳下還看得到熊玩偶的頭。

「請在有什麼萬一時使用喔！」

「我知道……咦，蘇堤也是嗎？也能用蘇堤嗎？」

「儘量不要刺激熊陛下，蘇堤。如果啟動就麻煩了，現在先等待。」

蘇堤「啾」地叫了一聲縮回去。總覺得最近牠像是能對話般會持續回應，應該是錯覺吧？

卡米拉看看行李袋又看看吉兒，一臉疲累的模樣走到隊伍最後去。應該是去查看後面是否有人跟蹤。

「我的妻子考慮了那麼多事，真了不起呢！」

哈迪斯將下顎輕輕靠在吉兒的頭上，輕聲說道。吉兒微微抬起頭往上看。

「不過陛下對於我所做的事，都不太會出手阻止呢，為什麼？」

吉兒不認為她所做的就是哈迪斯心裡所想的事。擁有金色雙眼的美麗龍帝不斷注視著吉兒。眼神既憐愛又仔細專注。

而吉兒的懸念，哈迪斯爽快地肯定她。

「是啊，最大原因是希望能看著妳吧……我不想過於束縛妳。」

「難道您不會擔心我的策略出錯嗎？」

「不會喔，因為不管是誰背叛，最後屹立不搖的人都會是我。」

他說話的語氣，不是因為命運或是下定決心，只是在闡述事實。

而實際上，過去確實如此。這個皇帝直到最後都獨自屹立不搖。

「……難道陛下認為以後有人會背叛您嗎？」

哈迪斯只是微笑，並沒有回答。但那已經是答案了。

（不是猜測可能會有人背叛，而是陛下認為一定會有人背叛。）

吉兒緊緊抿住嘴唇。絕對不能忘記。

為了不讓他一個人孤單佇立，所以吉兒現在在這裡。

進入北方師團之前，卡米拉曾和齊克做過類似傭兵的工作，因此也有不少護送貴族旅程的經驗。雖然野營或夜晚的監視工作都是傷害皮膚的大敵，他並不喜歡，不過因為已經習慣了，心情上很輕鬆。

（加上料理美味這點，這次算是不錯的旅程。話說陛下也太厲害了吧？）

能瞬間判斷出能夠食用的植物，旅行的行李當中帶來的工具與調味料的選擇也都很恰當，彷彿連路邊隨便長的雜草都能調理得很美味。但反過來說，也得以見證他以前的生活相當艱辛。

「齊克，你先睡……哎呀，怎麼連勞倫斯都來了？」

「現在還不想睡。」

白天吉兒交代要進行監視的那個人物笑了笑。卡米拉看了看四周，時間還不是很晚，里斯提亞德的部下們也在稍遠的地方聊著天。

齊克一邊折斷樹枝放入火堆中，一邊回頭問道：

「隊長他們的帳篷呢？」

「我已經把哈迪斯熊放在出入口，蘇堤也一起睡了。」

「……那個玩偶是什麼啊？像是雞的動物也很引人注意。」

火堆對於驅離野獸很有效，但很有可能會因為煙霧而暴露所在位置。因此帳篷設置在與火堆有一段距離，並且難以發現的樹林間。可是帳篷前有可愛的玩偶和像是雞的動物把玩偶當床睡在上面，勞倫斯擔心那看起來很顯眼。

那本身是個陷阱，但這件事還不能告訴這名不知是否真的是自己人的少年。

「那兩個都是陛下送給吉兒的重要護身符喔。」

「那一般都會抱著睡吧……龍妃殿下看起來是有在照顧那隻雞，但為什麼要特別送雞？」

「別一定要我說，看名字就知道了啊！順道一提，名字是隊長取的。」

聽到齊克點出這件事，勞倫斯也識相地閉嘴，接著別開眼神。

「他真是豪爽的人呢……順便問問，預計會有第二道或第三道……」

「別用那個單位來算。大家都在為了不發生那種事而努力。」

「就是說啊，希望能夠順利會合就好了。」

「如果要說是不是陷阱，機率大約是各半啊。」

原本只是試探性的開啟話題，沒想到他本人直接提出了陷阱的可能性。

「就算是陷阱，維賽爾皇太子有可能根本不是我們的盟友。他也有可能確實是盟友，只是格奧爾格前皇弟故意縱容他。我考慮了很多，不過這是個不得不跳入的陷阱。對於我們而言，這是最好的戰術不是嗎？」

「最好的戰術？有陛下在這裡，還能這麼說嗎？」

勞倫斯從為了火堆而收集成堆的樹枝中撿起一支，在地面上畫了一個四方形。

「接下來是假設這件事是陷阱所說。如果交給里斯提亞德殿下或艾琳西雅殿下出面，要是那樣，我就會假裝自己是同夥混進諾以特拉爾。」

「……真是糟透了，那就會從內部遭蠶食破壞而全滅。」

「不過，皇帝來了呢？我們人數少，所以對方首先會想辦法捉住皇帝，畢竟對方最重要的目的就是皇帝。因此只要能捉住皇帝，無論是艾琳西雅殿下或里斯提亞德殿下都會投降。恐怕除了龍妃殿下以外，沒有人會為了皇帝打這場必輸無疑之戰。」

聽著這番無情的言論，卡米拉並沒有提出否定，齊克也以手托腮聽著。

「那個皇帝明白那些內情，所以才一起過來。如果他有自信能夠逃脫，那麼這個編制是最快能夠突破陷阱，將損害壓到最低的手段了。腦筋動得真快。」

「你也是啊。」

「關於我的事，你們從龍妃殿下那裡有聽到些什麼嗎？」

「她交代要讓你平安回到克雷托斯啊，因為你姊姊在那裡。」

被那麼直接地告知，勞倫斯驚訝地眨眨眼，隨後浮現苦笑。

「……傷腦筋啊，是真的嗎？就算不隱瞞事情也該有個限度啊。」

「話說回來，你在這裡沒關係嗎？你那個姊姊現在平安無事嗎？」

這種時候還是能夠直接追問的齊克，得感謝他的粗神經。勞倫斯也沒露出不悅的模樣回答：

「我有收到姊姊的信。信上寫她一切平安、沒問題、不必擔心之類的。國王陛下——南國王對姊姊沒有興趣，把她冷落在一邊的樣子，所以還有時間。」

「冷落她？好不容易才讓她進後宮耶？」

「我的老家原本就是為了取悅南國王，才把她送進後宮的。加上聽說現在南國王的興趣是年紀還小的少年。」

齊克作嘔地吐出舌頭。

「那真是——該怎麼說呢？真的會想趕快把你姊姊救出來啊。」

「像你這麼說的人還真是少見呢，若在克雷托斯，大部分的人都會叫我放棄。」

「畢竟對我們而言是別人的事啊。」

勞倫斯笑了笑，開始在地面上畫起東西。卡米拉好奇地探頭過去看了他畫的東西後眨眨眼，齊克也隨後察覺似的瞇起眼睛。

「喂！」

勞倫斯用沒畫畫的那隻手，將食指豎在唇邊。接著將伸直的手指指向天空。卡米拉和齊克同時往上看。

以弓箭為武器的卡米拉最大的優點就是視力好，他比齊克更早看見在火堆升起的煙霧消失在夜空中的那端，有東西在發光。

（龍騎士……！而且帶頭的是紅龍？難道是三公爵嗎？那是拉維皇族的龍騎士團？）

數量有三頭，排列成漂亮的三角形往卡米拉他們前來的方向飛去。是準備前往諾以特拉爾的堡壘城市嗎？以龍的移動速度計算，應該明天清晨就會抵達。

「保持安靜，現在不必引起騷動。反正回去肯定來不及了，明天再確實向大家報告吧。」

「……你知道那個是什麼了嗎？」

「並沒有，不過請放心吧。只要有菲莉絲王女在，不管那些是什麼身分的人，都無法做激烈的進攻，所以我才把王女留在那裡。我不是很想欠龍妃殿下人情——因為無論如何，我們應該會變成敵對的立場。」

卡米拉的臉沉了下來，齊克也一副不知該說什麼好的表情搔搔後腦。

勞倫斯看來不在意他們的反應，繼續用樹枝的尖端在地面上沙沙地刻畫。

「而且還有剛剛飛過的數量不到一個分隊呢！是為了傳令、偵查……還是對諾以特拉爾龍騎士團再度進行勸說嗎……不對，還要考慮其他可能性比較好。這樣果然還是……在這裡。」

自言自語的勞倫斯，在他畫好的地圖上指出一個點。

「若發生任何萬一，會合地點在這裡是最好的。這裡有人們無法接近的龍的巢穴。至少我會逃到那裡。」

「……你是認真的嗎？」

「我是認真的喔！雖然有可能受到包圍，但為了不刺激龍，敵人就不能大動作的攻進去，作為避難的地點是最合適的地方了。請把這個情報轉達給龍妃殿下。」

樹枝所指的位置，在會合地點稍微往東，位於拉奇亞山脈的邊緣。

「龍帝和龍妃如果能逃到那裡，可能會更加安全。雖然我並不是很相信神話，不過女神的庇佑與龍神的庇佑是確實存在的吧？祈求神明保佑也不壞。」

「……你那樣說，好像認為接下來的接收是個陷阱，那你自己又如何？反正你只是個底層的人吧？」

會優先犧牲的都是底層的人，卡米拉和齊克非常清楚這點。若不是在貝魯堡遇見了吉兒，卡米拉他們在這個時候，可能已經捨棄故鄉離開了。

勞倫斯吃了一驚後苦笑道：

「你們真是好人，不過我沒關係的。魔力微弱的我在克雷托斯只是個墊底的人，傑拉爾德王子雖然重用我，但假如進行危險的工作沒達到成效，我就沒有希望往上爬。所以請不要對我有所警戒，因為我判斷幫助你們對我是有好處的。為了往後的事，現在會讓你們取得勝利。」

「你那個說法，感覺勝利之後會很可怕耶。」

「但首先要能取勝吧？我們現在都還沒領薪水呢！」

看著齊克的苦瓜臉，勞倫斯笑了出來。

「那確實是很嚴重的問題呢……真是可惜啊，她在這裡沒有任何後盾，就算沒有和傑拉爾德王子結婚，若能待在克雷托斯，說不定會被大家尊崇為軍神。」

他非常輕易便想像出那個姿態「但是——」卡米拉看向熊玩偶看守的帳篷。

「那樣是否是吉兒的幸福，又是另一個問題吧？」

「看來你非常為龍妃殿下著想呢。」
「這點你也一樣啊。」
「看得出來嗎?不過真的非常好奇，為什麼她會在這裡?還有，那個皇帝到底哪裡好呢?」
「那些還是別想太多，接受一切比較好喔!不然會陷得太深的。」
這個打從心底的忠告，讓勞倫斯一瞬間變回年幼的神情點點頭。
「我會小心的。我思考過了，不認為龍妃殿下會拋下那個皇帝回到克雷托斯……你們看來也打算繼續跟著龍妃殿下。」
「就算沒有隊長，我也不會拋下那個皇帝不管呢。」
勞倫斯意料之外地眨了眨眼。齊克專注地看著火堆再次開口：
「他可是若無其事地對我說過，要保護隊長就要有犧牲自己的覺悟。很令人火大吧?」
這下連卡米拉的表情也嚴肅起來。勞倫斯平靜地回答：
「因為要保護龍妃殿下，這是最有效的方式啊……原來如此，她無法放著**不小心說出口**的事情不管啊……」
在此之後，三人都沒有開口，只是一起圍著燒得劈啪作響的火堆。
勞倫斯把手上剩下的樹枝全都丟入火堆後起身。
「如果一切順利，明天就會抵達接收的地點。我要去睡了，你們兩位也不要太過勉強。」
「謝謝，晚安。」
「明天見。」

齊克與卡米拉目送勞倫斯的背影，看著他進入自己的帳篷中。雙膝併攏而坐的卡米拉雙手手肘直立在膝上，手掌交叉後下顎靠在手背上，對身旁的齊克說道：

「他真是個好孩子呢，我都要討厭那個想趁現在把他處理掉的自己了。」

「別衝動，對方應該也正在這麼盤算。」

聽到齊克那麼明白地說出口，卡米拉不知為何打了他的頭。然後無視那些憤怒地吼叫，再次看向那座有熊玩偶駐守的帳篷。

若如同勞倫斯所言，明天能與對方會合，他們擔心的陷阱又是真的，那麼之前沒有直接陷入危機的局勢，將會一口氣天翻地覆吧。

所以至少希望他們今晚能好好地休養生息。

雖然在野營，但和平時一樣被哈迪斯緊緊擁抱著入睡，和平時一樣享用了哈迪斯做的早餐。午餐也如同以往美味。

哈迪斯什麼也沒說，所以吉兒也什麼都沒說。不過她覺得非常佩服。

（陛下大概知道要和平時一樣有多辛苦。）

而且要持續維持又有多困難。

穿過視野很差的森林後，樹木突然都消失了，出現的是覆蓋著土壤和石頭的凹陷地面。看著寬闊起來的視野使眾人感到困惑，在前方引路的勞倫斯回過頭說明。

「這裡以前好像是非常大的河川，不過河川上游的方向築了龍的巢穴，所以擋住水流而乾涸了。至於河川的水流去了哪兒，不進入龍的巢穴無法得知。非常神祕吧！」

對於勞倫斯如同介紹觀光勝地的說明，里斯提亞德的臉色不是很好看。

「龍的巢穴就連拉維皇族的人也無法隨意進入，是個神聖的地方。你積極學習是很好，但這種類似觀光的心態我無法認同。」

「我明白喔。我們現在要沿著乾涸的河床往龍巢穴的方向爬上去，那上面就是會合地點了，加快速度吧。不過這裡沒有任何遮蔽物，請盡可能沿著河岸，躲在樹蔭底下移動。」

按照勞倫斯的指示，大家靠近邊緣騎著馬前進。龍的巢穴可能在相當高的地方，乾涸的河床坡度變得相當陡。吉兒背靠在哈迪斯身上，悄聲說道：

「拉維大人有對陛下說過不能去龍的巢穴吧？」

「其實如果是龍帝，應該不會有問題才對……是拉維過度保護了。我明明只是想稍微挑戰一下新的料理而已。」

「我也希望您能挑戰看看，但拉維大人會說不行吧……」

「拉維也正在說妳也絕對不行，一起禁止了。」

哈迪斯笑著說道。吉兒也忍不住笑了起來。

「跟陛下一起禁止，那就沒辦法了。我會克制自己不去潛入龍的巢穴獵捕金眼黑龍。」

「嗯，拉維剛剛開始就一直吵著說絕對不准進去——」

哈迪斯忽然向上看往空中，隨後森林那側的樹木集體傾斜地晃動，樹葉隨著巨大的影子飛舞起來。

「是龍……艾琳西雅殿下？」

聽到吉兒大喊的聲音，一行人停下了腳步。發現吉兒他們蹤影的艾琳西雅與龍騎士團，一度在上空盤旋後，似乎打算在稍有距離的河床上游處讓龍降落。

吉兒已經聽過有關昨晚有龍飛往諾以特拉爾的報告。那股可能發生了什麼事的緊張感，立刻感染了周圍所有人。

「不是說為了不引人注目才不使用龍來傳令嗎？現在整個小隊都來了呀！」

「大概是有什麼急事所以顧慮不了那麼多——例如叫我們不要過去會合之類的。」

聽到壓低聲音的卡米拉說的話，率先下馬的里斯提亞德回答了她。

「有那麼多頭龍，會嚇到馬。把馬匹留在這裡再過去。」

「卡米拉、齊克、勞倫斯，請你們看著馬匹。陛下請和里斯提亞德殿下他們待在一起。我先過去問問狀況。」

雖然中間沒有遮蔽物，但從這裡說話的聲音傳不了那麼遠。從馬上一躍而下的吉兒沿著斜坡跑了過去。

原本只是豆子般大小的艾琳西雅，立刻就進入能清楚看見的位置了。她背後站了一整排龍，擋住整個河床的寬度。從那裡的斜坡似乎變得比較平坦，然而身後只看得見一片藍天。

如同所擔心的狀況，艾琳西雅表情嚴肅地往前走過來，吉兒站直了身體。

「發生什麼事了嗎？」

「是啊……突然過來，真抱歉。」

「不會，我知道昨天有龍飛過去妳那邊的事，難道是有什麼陷阱——」

艾琳西雅突然抓住吉兒的手臂並且抱起她。在吃驚的同時，艾琳西雅的手臂環繞她的脖子，接著以長劍抵著。

「什麼——」

「吉兒？」

「不准動，哈迪斯、里斯提亞德！」

當吉兒看到艾琳西雅他們的龍身後有沒見過的士兵，以及從河岸邊的樹林間出現大量的騎兵時，才察覺到自己成為了人質。

——遭到包圍了。

吉兒抓住艾琳西雅的手臂，用盡全力灌注魔力，沒想到只發出了嚓嚓的聲響，魔力彈開了。艾琳西雅是拉維皇族，既擁有魔力也熟習武術。若不是像之前以出乎意料的方式出手，現在的吉兒是甩不開她的。

「艾琳西雅殿下，這是怎麼回事？」

「對不起，吉兒……真的很對不起。但是我……」

「為什麼道歉？艾琳西雅，妳做的事非常正確。」

看到從後方走過她們身邊的人物，吉兒瞪大了雙眼。

（格奧爾格．提歐斯．拉維！那麼……昨天的紅龍，難道是這傢伙的？）

深紅色的斗篷隨著從河川上游吹過的風飄逸，格奧爾格從上方揮下銀白色的劍。銀色的魔力溢出，那是一把幾乎會和真劍混淆的美麗假天劍。

他揮下劍並大喊：

「全軍，進攻。抓住讓這個國家生病的假皇帝哈迪斯！」

「陛下！」

吉兒大喊的瞬間，士兵們發出吶喊並往只有少數人的集團而去。艾琳西雅緊緊抱住想把手往前伸的吉兒，並跨上龍的鞍具。

「妳安分一點，我不想讓人流沒必要的血。」

「——在那邊的人都是妳的弟弟啊！為什麼……」

「里斯提亞德不會被殺！皇叔說會說服他！」

「那陛下呢？陛下要怎麼辦！還是現在也是某個作戰的一環嗎？」

吉兒喊叫著，艾琳西雅只是咬著嘴唇。

那雙眼神完全說明了所有答案與背叛。

「對不起。」

「……發生什麼……這是怎麼回事？皇姊！」

里斯提亞德的喊叫聲，被如土石流般朝這裡一邊吶喊一邊衝過來的軍隊沖散了。拔出劍的齊克咂了一聲嘴。

「這不是比最糟的狀況還更糟嗎？要怎麼辦啊！團長背叛我們了嗎？」

「現在逃跑是上策！先進入森林裡讓龍無法追上吧。」

「碰頭地點就按照說好的預定地點嘛！但吉兒怎麼辦？」

哈迪斯抬起頭看過去，艾琳西雅捉住吉兒，準備把她帶到龍身上。八成打算將她當作人質送往帝都。

他的嘴角露出笑容。看來溫柔的異母皇姊對吉兒的評價相當不錯。

「里斯提亞德大人，快點逃吧！人數差距太大，我們這裡又沒有龍可以用！」

「我不要緊，他們應該不會殺了我。你們快帶著哈迪斯逃走！」

躍上馬的里斯提亞德拔出腰間的劍對他們喊道。佇立在地面上的哈迪斯迅速地回過頭看他。

「——里斯提亞德，你沒有背叛我們嗎？」

「你還慢吞吞的……！我要去問皇姊事情的狀況！也會想辦法救吉兒，所以哈迪斯，你要逃走！聽好了，你們所有人保護好哈迪斯！這是命令！」

「……不。」

艾琳西雅的龍浮了起來。

吉兒拚命抵抗的同時，知道其他人正看著這裡。她並不懼怕，比起不安反而感到擔心不已。即使在這樣的狀況下，她還是擔心著哈迪斯。

「各位，把我留下，帶著吉兒逃走。」

「給我等等，你打算做什麼？陛下，不可以呀！」

「沒錯，你也要逃走才行啊！」

「我命令你們要那麼做，龍妃的騎士。」

他瞥了兩人一眼，他們的表情讓他感到胸口彷彿被刺了般心痛。而遭到部下阻止的同時，里斯提亞德正拚命地喊著些什麼。

這樣就足夠了。

（大家還沒有背叛我，真是個奇蹟啊。）

灌注魔力的右手傳來一陣有如麻刺的感覺，天劍無法幻化成形。於是他拔出隨身佩帶的長劍笑道：

「要上了，拉維。」

『要對付那把假天劍，魔力還不夠。你要小心！』

「祢以為祢在跟誰說話——**現在的全力**就足夠了。」

若只救回吉兒，這麼做沒問題。

龍帝的魔力宛如間歇泉向上噴發，從地面捲起龍捲風。哀號聲伴隨著士兵們一起捲起，接著在空中被甩開。

在龍身上看到這一幕的吉兒回過頭。

「陛下……！」

「嗯？羅薩，為什麼——」

艾琳西雅的騎乘龍原本背對著哈迪斯他們往上飛，正朝著雲層上空而去，沒想到卻突然僵住不動了。更驚人的是，牠保持原本在上空的高度，不自然地往反方向轉身。

斜下方的地面上，獨自遭士兵包圍的哈迪斯正在笑。

「在身為龍帝的我面前放出龍，難道是對我的仁慈嗎？」

「不行啊，羅薩，不要受哈迪斯支配了！」

「不要怕！那傢伙的魔力在剛剛那一擊之後應該沒了，所有人都給我上！」

配合格奧爾格的號令，即便目測目標不準確也還是讓龍吐出火焰，持槍的步兵與騎馬的騎兵都奮發而起，只要看到哈迪斯就進行攻擊。

「陛下！」

姿勢放低的哈迪斯斬開並踢飛敵人，穿梭在其中。甚至踩著他們的頭跳躍而過，連龍的翅膀都切開並踢落。

僅僅面對一個人往前衝的哈迪斯，哀號和怒吼不斷響起。

「對手只有一個人啊，你們在搞什麼！」

「這、這個怪物……！」

「才不是。」吉兒想著。即使飛來的長槍刺傷大腿、劍尖割傷肩膀，他也沒因退縮而停下腳步。那是因為他很強大。從奔馳的劍尖閃閃落下的魔力也所剩無幾，但他並沒有停下。

為了守護而奔放的美麗銀白色魔力令人感到似曾相識。

好奇著「是什麼樣的男人」而抬頭看到的，是那宛如星塵般的魔力，正朝著吉兒為目標筆直地直奔而來。

「——唔！」

羅薩的高度倏地往下掉，艾琳西雅將吉兒抱入懷裡。看來沒有要解放她的意思——不，不是那樣。是避免她受風壓所苦。

「別說話，妳沒有龍的護佑，會咬到舌頭的。」

「……唔！」

「……我的弟弟真強……不，不是弟弟啊……」

那個澈底放棄的自嘲眼神與語氣，真是似曾相識。

那是在未來中，僅有一次的邂逅。那是她希望至少不要成為哈迪斯的敵人，而將刀往自己的脖子刺去時，所露出的相同表情。明知道哈迪斯正往這個方向來，她卻連劍也不拔。

「你這個怪物！」

哈迪斯躲開格奧爾格大力揮下的一擊，從他的背後踢開他，把身邊的綠龍當墊腳石一踩，往上空飛去。接著踏上正在往下掉的羅薩頭頂，揮舞著沾滿血跡的長劍。

筆直地準備砍下自己姊姊的首級。

「——不能殺她，陛下！」

哈迪斯的劍在斬斷艾琳西雅的一縷銀髮後停下了。上空的風將銀色髮絲吹散在空中。

但那雙眼瞳仍充滿殺氣。

「告訴我理由，吉兒。她是背叛者。」

發現哈迪斯已經不喊姊姊的吉兒，胸口感到一陣痛苦。即使如此，她還是伸出手。

「沒關係的，陛下。還不用殺她。」

「……」

「您全身都是血喔，也受了很多傷。要是再繼續戰鬥，陛下又會臥床不起吧——沒問題，還有我在。」

當她碰到他瀏海的瞬間，哈迪斯宛如被切斷線的人偶，身體軟綿綿的倒下。艾琳西雅慌張地伸出手。

「哈迪斯……！」

「陛下——唔？」

在和艾琳西雅一起接住暈厥過去的哈迪斯時，吉兒的衣領遭到用力拉扯，身體就這樣被拋入空中。彷彿錯身而過般，格奧爾格冷漠的神情在一瞬間映入她的眼簾。

「既然已經抓到哈迪斯，妳就沒有用了。」

「皇叔，這跟說好的不同！——吉兒！」

抱著哈迪斯的艾琳西雅雖然伸長了手，卻搆不到她。小孩的體重輕，身體因上空的風吹拂而搖晃。

（這高度掉下去會死的。）

雖然哈迪斯只使用少量的魔力，把龍當作墊腳石往上跳，就一路抵達上方了，但他們一開始擁有的魔力量完全不同，恢復的量應該也不同。吉兒並沒有足夠的魔力支持她，從這麼高的地方減緩著地的衝擊。

（陛下真強大啊。）

——不過……

（得去救他。）

她看著被艾琳西雅抱著一動也不動的丈夫，伸出了手。好小的手。

得去救他，得保護他。因為已經決定了。

自己是為了改變他孤獨佇立的未來而來到這裡的。

「去死！」

格奧爾格的紅龍張開了嘴，逼近而來的，是龍神制裁的火焰。

那個搆不到哈迪斯的手掌握起拳頭，吉兒大喊：

「做得到就試試看，我可是龍妃！」

視線遭赤紅的火焰染成一片紅。往地上噴射的放射狀火焰，就這樣將空氣、地面，以及吉兒的身體與意識燃燒殆盡。

龍的火焰一點也不剩。針對哈迪斯設立擁有冰凍能力的特攻隊士兵們響起歡呼聲，聲音大到連這裡都聽得見。在那瞬間，齊克立刻拉著里斯提亞德的肩膀。

「喂，殿下，趁現在快逃了！」

「你……我、我說你們，那女孩，那麼小的孩子她……」

「陛下利用龍捲風讓我們逃到這裡來，難道你要讓他功虧一簣嗎？要趁被發現前快走！」

聽卡米拉這麼說，遭吹到高處一臉茫然，又只能看著事情一連串發生的里斯提亞德抬起頭，皺著臉往後退接著跑了起來。他的部下也跟在其後。

看著這幅情景的勞倫斯，在奔跑的卡米拉身後追上去。即便知道非常愚蠢，他還是無法忍不住不問。

在看到受那團火焰燃燒的身影後，他也不願意相信。

「但是我們逃走後要怎麼辦？龍妃殿下已經——」

「吉兒說了她是龍妃啊！那她一定還活著，陛下也是！」

勞倫斯瞪大了雙眼。齊克也喊道：

「那種程度不會死的，龍帝和龍妃才不可能輸給龍！」

那簡直是在求神拜佛般愚蠢的願望，已經停止相信事實的思考。不過，他並不討厭。

「——很好呢，那麼我也以那樣的前提來行動。」

「找到了，在這——！」

一把小刀比揮著劍的齊克更快飛出去，讓對方退卻，接著勞倫斯敲打對方的太陽穴使他暈過去。現在最糟糕的就是引起騷動。

「總之，我們先前往決定好的逃難地點，剩下的事情到時候再說。」

「沒想到你真行呢！」

「過獎了。卡米拉使用弓箭、齊克使用大劍吧——兩種武器在森林裡都派不上用場。」

「喂，你說這話很沒禮貌啊！」

「要請各位遵照我的指示嘍，相對地，一定會讓你們成功逃出去——請往這邊！」

在轉換方向的指示下達瞬間，一支箭飛過來，劃破了卡米拉揹著的行李袋。看來被發現了。

齊克吃驚地嚴肅問道：

「被射中了嗎？」

「沒、沒事吧，蘇提？要活著——」

「啾喔喔喔喔！」

可愛的仿冒小雞也發出強烈憤怒的叫聲。才這麼想著，牠卻從被箭射穿的行李袋中抓著熊玩偶飛出來，把它往敵人所在的方向丟了過去。

「糟糕，快點逃！」

「里斯提亞德殿下，往這裡！快離開哈迪斯熊的視線範圍！」

「發、發生什麼事？」

勞倫斯忍不住用雙手接住挺身而出的仿冒小雞，接著在他眼前，空翻一圈的熊玩偶落到地面上，然後站了起來。

被箭射穿的斗篷倏地展開來。

（什麼？——站起來了？）

那天，勞倫斯明白了。

熊玩偶比在場任何一個人都還要強。

彷彿有什麼東西落在臉頰上。那個刺激讓人睜開了眼。

「陛下！——好痛……」

吉兒倒在冰冷的石頭上。她眨了好一陣子眼後恢復了理智，吉兒試著四處觸摸自己的身體做確認。沒有受傷的地方，衣服也沒有燒焦的痕跡。

（……我應該被燃燒了才對。）

她忍不住試著做了挑釁，但像這樣完全沒事也太奇怪。

而且話說回來，這是哪裡？

彷彿能從遠處聽到瀑布的聲音，周圍卻是許多白色岩石的斷層堆疊累積，一直延續到遠處。高聳的白色岩石像冰柱般向上延伸，雖然在腦中閃過「鐘乳洞」這個詞彙，不過這個地方相當寬敞也相當高，而且非常明亮。順著照射到地面上的圓形光束往上看後，她吃了一驚。

一開始還以為上面是天空，很高很高的藍天。但不是，那是水。水飄浮在——不對，說水不會落下來可能比較恰當。

紅色夕陽的光線穿透了水在高處形成的天花板，照亮這個地方。

「……是魔力嗎？但又好像有點不同……這裡是怎麼回事……」

「明明聽說妳是龍妃，才把妳轉移過來這裡的。」

吉兒因為吃了一驚轉過頭的同時，地面晃動讓她的身體跟著傾斜。她在單膝跪著的狀態下，應付斷斷續續出現的晃動，接著看見聲音的主人。

散發黑色光芒的鱗片，深入地面的銳利爪子。頭部大約就是吉兒整個人的大小。當然了，全身長度不知是頭部的幾倍。而那雙轉動的眼瞳顏色是——紫色。

是一頭紫眼的黑龍。

「沒想到只是個小孩子啊，這一代的龍帝在想什麼？」

龍說話了。吉兒隱藏自己的震驚與背上流出的冷汗笑著。

繼龍神拉維之後，是龍王——要考慮的事情只有一件。

（如果讓牠成為盟友，就能夠救出陛下。）

而自己是龍妃。黑龍用牠明亮的紫色眼瞳傲視著握拳的吉兒。

第五章 鮮血與誓約的搶救龍帝作戰

「沒有金色戒指，也沒看見多了不起的魔力——不對，應該說兩者都遭到封印了啊，難怪讓紅龍感到混亂。然而現在，就跟沒有一樣。」

雖然能聽見清晰又低沉的聲音，不過聲音和嘴巴的動作搭不上。吉兒認為與其說牠在說話，不如說牠是在傳達比較好。

「看見我卻能不慌亂，確實很有膽識。但是還不夠格做裁定。」

「請問是您救了我嗎？」

「沒受到允許就向我提問嗎？也罷，就回答妳。是紅龍提出申請讓妳轉移過來的。」

是格奧爾格的紅龍，吉兒心想。在課程中學習過，紅龍跟人類一樣聰明，所以牠可能是為了掩人耳目才吐出火焰。

無論如何，還是要遵照禮儀才是上策。課程中並沒有教過禮儀做法，但吉兒還是站起身，將手掌放在胸前行了一個禮。

「非常感謝您幫助了我——非常冒昧，想請教您的名字是黑龍……」

「黑龍即可。現在這世界上的黑龍可說只有我了。」

意思就是不需要特意用名字和其他的龍區別吧。雖然聽起來有點寂寞，也表示對於龍而言，顏色所代表的階級是絕對的。稱為黑龍與稱為龍神可能是差不多同樣具有榮耀的事。

「抱歉，太晚自我介紹。我的名字叫做吉兒，我是龍妃。」

「我說了妳還不夠格做裁定。」

大地再次響起遭重擊的聲音，靠近一步的黑龍細細瞇起險惡的紫色眼睛。

「真是不幸，姑娘。既然不是龍妃，就不能讓妳活著回去。」

「但您已經救我了？」

「只不過是死亡時間稍微有點誤差而已——這裡是龍的巢穴，並非一般人類能踏足之地！」

在她目瞪口呆的瞬間，黑龍從口中噴出筆直的藍色火焰。火焰一邊挖掘地面一邊往前進，吉兒集中全部魔力在腳底逃離火焰。然而當她轉換逃跑方向，火焰又劃著牆壁追了上來。

「能稍微聽我說嗎？陛下他——龍帝大事不妙了！」

「那又如何？」

「我說龍帝耶？」

「既然如此，為何並沒有在此代誕生金眼黑龍！為何蛋沒有孵化！」

這情報還是第一次聽到，吉兒邊跑邊皺起眉頭。不過，在她背後的岩石正因為火焰而蒸發，實在沒有餘力詳細問下去。

「況且這麼小的姑娘是龍妃？龍妃是守護龍帝的盾，是擊敗女神的愛並且告知真理的唯一人物！沒有力量之人是無法勝任的！」

她繞到背後，黑龍的尾巴既凶狠又猛烈地朝她揮來。吉兒在千鈞一髮間鼓足勇氣閃過，躲在其中一塊岩石的陰影處藏身。

（有很多事想問清楚，該怎麼辦？要逃走嗎？我沒有魔力逃不了。但是要作戰，龍的巢穴中有蛋的碎片和鱗片聚集形成了磁場，若魔力沒有用好，可能會引起爆炸，甚至可能完全無法使用魔力……可惡，難道沒什麼辦法嗎？）

她藏身在岩石陰影處望向四周。視線所見的有岩石和搆不到的水之天花板。地面上只有少數滾落的石頭，以及像是很薄的玻璃碎片——應該是龍的鱗片。感覺到腳邊似乎碰到什麼的吉兒往下看去。

原以為是鱗片，結果是蛋的碎片。當碰觸它時，便稍微感覺到魔力遭到吸走——這說不定能派上用場。

「更何況，妳根本沒有保護龍帝啊！」

黑龍的責難回響在四周，哈迪斯倒下的身影浮現在她的腦海中。

「紅龍已將事情經過傳達給我。為何要阻止龍帝？當時應斬斷敵人首級，與龍帝共同逃離才是上策。」

吉兒不認為阻止哈迪斯殺掉艾琳西雅這件事是錯的。

然而黑龍的批判非常正確。吉兒在那個瞬間，等同將賭命前來救她的哈迪斯所付出的努力付之一炬。

「難道妳同情了背叛者？憑那種天真態度，怎敢說自己能守護龍帝！」

「……」

「現在妳的魔力受女神的力量封印，是身為龍妃不該有的失誤！拉維大人究竟有多天真！」

「——等等，剛剛說了什麼？」

吉兒聽到一件令人在意的事，便從岩石陰影處踏出一步。

黑龍朝斜後方回過頭，重新轉向她。

「我說拉維大人太天真。因為在龍妃將女神封印而死亡，敗給真理那日，便是其神格被降，龍帝喪失其寶座之日。」

「不是說這個，這件事當然很嚴重，但我想問的是前一句……我的魔力是受女神封印的？」

「沒錯。」

她忍不住抓住自己的肩膀。傷痕已經消失，然而從傷口侵入身體的魔法尚未解除。只有克雷托斯王國能組成這麼厲害的魔法，雖然心中明白這件事，但為何自己至今都沒有察覺假天劍使用的**素材**是什麼呢！

「那個難道是——……由女神克雷托斯的聖槍製造而成的嗎？」

「能封印龍帝的魔力，只有那東西了。」

平靜回答的黑龍並沒有發動攻擊，反而問道：

「——妳在笑什麼？難道瘋了嗎？」

「我在想，對方雖是敵人，真是值得佩服。身為女神，卻願意犧牲自己獻身。」

「居然對女神的愛產生認同，妳果然沒有資格當龍妃。」

宛如預見危險，黑龍的殺氣和警戒增強了。吉兒正面面向黑龍回答：

「我要去救陛下，讓開。」

「進入龍的巢穴之人無法活著回去。強者不會服從於弱者，這是真理。」

「我不知道那是不是真理，但我是龍妃，是陛下的妻子！」

「少說笑！既然自詡為龍妃，就讓我看看妳的能耐！」

黑龍再次吐出藍色火焰，筆直地挖掘地面而去。吉兒將現有魔力全部灌注到腳上，跑在牆壁上後踢了一腳。在接近清透的水天花板處後空翻，降落在黑龍頭上。

「真理真理，說的都是些沒用的歪理！只會說長篇大論，難道你沒打算救陛下和龍神嗎？」

「妳要訴說情談論愛嗎？只不過是女神的僕人，這個克雷托斯的魔女！」

「這就是你們無法贏過女神的原因！」

她打直手臂，把剛剛拿在手中的龍蛋碎片用力地刺下去。

當碎片刺入後，如同她所想的，魔力從右手奔馳而出。

「什麼——」

「要賭命前往救援的女人和一副事不關己的龍！若要猜哪邊會勝出，這件事不需要真理也不需要愛，誰都看得出來吧！」

龍蛋的碎片會將魔力無效化。當然了，只要想使出魔力，便會有使其無效化的魔法發動，吸收掉魔力。

刺入手臂的碎片「啪唧」一聲裂開，但距離吉兒的魔力再次被封印有一點時間差。只要一擊就好。

（我這一路可是用拳頭揍過好幾頭龍呢！）

「黑龍，如果不想變成食材，最好閉上嘴聽我的命令！」

她對準黑龍因吃驚睜大的雙眼正中間，用盡全力往眉間揍過去，力道一點也沒放水。黑龍暈頭轉向，巨大身軀直接朝後方傾倒而下。

腳步蹣跚地落到地面上的吉兒，看著自己流血的右手臂和力氣全失的整隻右手，試著握拳幾次卻完全使不上力。

（啊啊真是的……要是陛下看見了，大概會擔心到哭出來吧。）

得趕快去救他才行。這麼一想後，她察覺到黑龍暈厥倒下的旁邊岩壁上有一個洞。

那是往外面的出口嗎？她踩著不穩定的步伐走過去，突然有光線從深處照過來。

原以為是外界的光線而凝視著，等探身過去時才發現是自己誤會了。

「……這個……難道是龍的蛋……」

從沒見過體積那麼大的蛋，而且正發著光。獨自坐立在鋪滿稻草的岩洞中。蛋殼看起來是黑色的，不過似乎又從內部透出金色的光。

這讓吉兒忘了現在的狀況，盯著龍蛋眨眼。

她試著摸摸看，很溫暖，這顆蛋是活的。

——為何蛋沒有孵化！

她想起黑龍這麼喊道。

「……難道這就是那個金眼黑龍……」

「沒錯。」

「哇！」

突然將頭探入岩洞中的黑龍，讓吉兒驚叫出來。紫眼黑龍的眉間腫了一個包，是剛剛吉兒揍的痕跡。

「龍帝誕生後，金眼的黑龍蛋也會隨之出現。即將誕生的王，會以龍帝的心靈作為成長的養分，因此配合龍帝的成長，約莫經過十年即可孵化……然而就如妳所見。」

現在已經感受不到牠的敵意，於是她繼續接著問下去。

「拉維大人知道這件事嗎？」

「當然知道。不過龍帝卻對此事毫不關心，這使我無法原諒。」

「……如果沒有孵化，會出現大問題嗎？」

「十年、二十年對我們龍而言都在誤差範圍之內，然而若在蛋孵化前龍帝死亡，蛋便會以死去的心靈作為養分成長，如此將會孵化出怪物……龍帝說不定正在作這樣的打算。即便自己死去也要詛咒這個世界。」

吉兒忽然想起六年後的哈迪斯，對任何事都抱持詛咒與恨意，期望破壞一切的毀滅身影。在那個未來，這頭金眼黑龍是否孵化了呢？

「……沒問題的，陛下現在還活著，而且非常健康。」

「不過……」

「我明白妳心裡擔心的事。簡單說，就是不能讓陛下封閉自己的心吧！」

吉兒嘆了口氣，緩緩地撫摸著那顆蛋。沒問題，還很溫暖。

「我會去救您的，陛下。請等等我。」

不知是否是錯覺，她感覺到手掌傳來了鼓動。

「還有，請快點誕生吧！我想要騎乘金眼黑龍，因為顏色和陛下一樣。」

「怦咚」一股震動傳過來。吉兒嚇了一跳，身旁的黑龍則興奮地將鼻尖靠了過去。

「動了嗎？剛剛它動了吧？」

「是、是的，應該是沒錯……」

「不，它動了，絕對動了……太好了，看來還是活著的，原來如此……」

看到心裡放下一顆大石的黑龍，吉兒疑惑地提問：

「妳是它的父母嗎？所以才會一直守在它身邊？」

「不，我是配偶。」

配偶（註：つがい，日文漢字為「番」。形容成對的物品或動物）。吉兒搜尋著腦中詞彙後，向牠確認。

「妳是這顆蛋的妻子嗎？」

「沒錯。因為只有金眼黑龍的配偶，必須也是黑龍。」

「冒昧請問，妳幾歲呢？」

「約莫三百歲而已。」

而已啊，原來是這樣，度過那麼長的時間，十年、二十年的確都只是誤差範圍之內。

「不過——這樣應該很寂寞吧。」

牠應該很驚訝吧。眼睛稍微睜大的黑龍，因為動到眉間的肌肉，表情有點不悅。看起來好像很痛。

「啊，對不起。我居然揍了女生的臉。」

「妳在說什麼，雌雄之間皆平等。因為那顆蛋遲遲未孵化而感到焦躁不安，使言行有失冷靜的是我，很抱歉。我的理智已恢復。的確，我沒有任何作為，在這二十年間，僅止於守著這顆不孵化的蛋擅自感到心灰意冷……」

「那樣不行，只會讓妳先意志消沉。」

等待只會令人感到疲憊。吉兒站到黑龍的正前方，下定決心開口邀牠。

「我們一起去救陛下吧！妳也要到外面去。」

「但這顆蛋……」

「留在這裡應該很安全吧。如果不需透過溫度孵化，只要偶爾回來看看它的狀況就行了。」

那顆蛋似乎抖動了一下，但吉兒繼續背對著它無視這個動靜。

「它和陛下是一心同體吧？既然如此，就絕對不能過度黏著它和縱容它。」

「是、是嗎……？從方才起蛋好像就一閃一爍地發著光……」

「應該正在聽我們的對話吧，這代表它知道周遭發生的事喔。既然都知道卻不誕生，不就是因為知道妳在這裡的關係嗎？這是在撒嬌。」

「它現在看起來彷彿強烈抗議般發著光，沒問題嗎？」

「它有精神真是太好了！我們要先去救陛下，走，出發吧！」

「蛋開始彈跳起來了耶！這不是在抗議嗎？」

「如果不想留在這裡，趕快出來就可以了。」

當吉兒一回頭，蛋就像嚇了一跳般停止發光和所有動作。

吉兒靠向黑龍的頭說道：

「事情就是這樣，我要和牠一起去救陛下了——你也這樣就好嗎？」

當吉兒這麼問道，黑龍的紫色眼睛近距離看著她，接著被說服了。

「……明白了，我要出去！對於等待也感到厭煩了！」

「就是這股意志！」

「若不願意就追上來吧，你可是金眼黑龍！是地位僅次於龍神拉維大人的龍王，也是身為女王的我的配偶。」

吉兒拍拍手，看來心情舒暢的黑龍從鼻子發出鳴叫聲，不過看向那顆蛋的眼神非常溫柔。

「那麼我的夫婿，我要出門了——龍妃，妳就坐在我的背上吧。」

聽到這意想不到的話，吉兒一時倒抽了一口氣，接著眼睛發出光芒。

「可……可以嗎？妳願意載我？我一個人也可以嗎？」

「能乘坐在我背上的人類，只有龍妃或龍帝而已啊。」

看到牠無所畏懼的笑容，吉兒趕緊從岩洞中走出去，從牠的脖子附近攀爬到背上。接著她看到天花板才想起一件事。

「但是，我們要怎麼出去？」

「小事一樁，只要抓緊我，轉眼間就出去了。」

黑龍從岩洞中露出臉，調整好姿勢後拍動翅膀。接著頭朝著水形成的天花板直飛過去。

吉兒不禁屏住呼吸，在發現沒有感覺到水壓後張開眼睛。可以呼吸，也看得見四周景色。水在夕陽照耀下反射著陽光閃閃發亮，色彩鮮豔成群悠游的魚兒，還有生長在岩石間的珊瑚，以及宛如綠色地毯的藻類蓋地而生。

他們隨著巨大聲響以及濺起的水花，一口氣從水底往地面一躍而出。從空中往下看才知道，剛剛所在的地方，是個有瀑布流入的懸崖上一座大湖的地底下。

「那……那裡是怎麼回事……水不會滿溢出來嗎？」

「一部分的瀑布會流入地底下。龍的巢穴是將那附近的地形做了變動。那麼龍妃，我們要往哪裡去？」

黑龍在盤旋後調整好飛行姿勢問道，吉兒抬起頭。雖然風壓與高度都相當強大，她卻沒有感到呼吸不順暢，而且維持著乘坐的姿勢，這情況與哈迪斯或艾琳西雅一起騎乘龍的時候一樣。所謂受到龍的護佑應該就是這麼回事吧。

「我和同伴約好了會合地點，就去那裡。應該不會很遠才對。」

「好，明白了。」

「還有，請叫我吉兒就好，我也會用妳的名字稱呼妳。」

「我沒有名字。」

「那我幫妳取一個吧，叫做牛排怎麼樣？」

在夕陽染紅的空中盤旋回過身的黑龍，配合地笑了笑後，冷靜地回答：

「我拒絕。」

彷彿能從遠處聽到瀑布的聲音，除此之外一片寂靜。在日落後，四周沒有任何燈光。

在有大片凹陷的碼頭內側，躲在那裡的勞倫斯放心地呼出一口氣。

「……應該甩掉追兵了。」

「與其說是甩掉追兵，不如說是他們從熊玩偶身邊逃走了比較正確。」

里斯提亞德冷靜地發言，勞倫斯知道話題會轉移，仍然認同地表示同意。

「敵人恐怕半數以上都被那個眼睛射出的紅外線殲滅了……」

「畢竟森林都炸飛了，敵人也只能撤兵。」

「那到底是什麼東西……不是玩偶吧？是兵器吧？」

「我也不知道，但會做出那種愚蠢至極的東西的人只有哈迪斯了。那個笨蛋……！」

里斯提亞德嘀咕著，勞倫斯忍住不禁想同情他的心情，確認周圍的狀況。

雖然大家拚盡全力逃脫弄得全身泥巴或滿身髒汙，但都沒受到重傷。能夠所有人全數逃脫，得歸功於龍帝一開始機智的判斷，還有那個熊玩偶的功勞。

「蘇提不見了……可惡！」

「牠剛剛和熊陛下在一起……我想去找牠，不知道牠是否平安無事。」

「……只能祈求牠平安無事了？」

「現在人命優先，還有牠絕對還活著吧。那隻仿冒小雞剛剛到處揮著那隻熊玩偶呢！」

一開始震驚慌亂的里斯提亞德，在看到熊玩偶接二連三地擊倒士兵們的現實後，腦袋重新冷靜下來，現在變得鎮定了。

「今晚就先在這裡休息……但往後該如何是好呢？」

「……既然皇姊已經背叛我們，那麼最好當作我們沒有盟友來考慮。我們的龍也得回到諾以特拉爾才能奪回來……」

「不過，要在這種狀況下重新翻盤就需要龍。我認為他們不會殺紅龍，若能叫回牠們就有翻盤的可能……關於這點辦得到嗎？」

這是課程還沒有學到的部分，更重要的是龍的特性，就算綠龍無法叫回來，紅龍或許還有可能。里斯提亞德背靠在岩壁上坐下來，不是很肯定地回答：

「牠們可能會追蹤擁有魔力的人的氣息而來。但至今為止的經驗上而言，聲音能傳達到的範圍內是能叫過來，距離太遠應該辦不到。再說，假如牠們的心情不好，叫了也不會過來。」

「……沒想到龍與人類的主從關係居然如此薄弱啊。」

「當然嘍，你沒學過嗎？別忘了是龍願意才會載人類，如果失去龍的護佑，硬是騎乘在龍背上，人類就會因為空氣過度稀薄而死。而且……布倫希爾德可能會遭到處分。」

「等等，牠是紅龍吧！而且是金眼等級。牠不是人類能駕馭的龍當中最上級又珍貴的嗎？」

齊克吃驚不已，里斯提亞德一臉愁容，一名部下代替他回答：

「既珍貴又聰明。正因為這樣會很難馴服，所以不讓里斯提亞德大人以外的人乘坐的可能性很高。而且不只如此，一旦知道背叛的事……龍也有牠們自己的規矩，雖然未必會攻擊其他龍，但幾乎所有的龍都服從於紅龍，而且羅薩又是紫眼。」

「……這樣可能會造成龍群從龍騎士團中叛離，所以才說可能會乾脆把牠處分掉……」

「但有可能不是處分，而是放逐。」

「就算叫牠也可能聽不到……看來無法期待啊。」

對於齊克的結論，勞倫斯回答：

「那麼，容我想想其他辦法。」

「哎呀，有什麼其他辦法嗎？」

「只要有龍就能輕鬆不少。我們的人數不多，能做的事很有限。而且最令人擔憂的，是距離陛下被處決剩下多少時間，還有龍妃殿下是否平安了。」

周圍一瞬間沉默下來。

逃命的時候，大家並沒有多想只是拚命逃跑，然而一旦確認安全後，心中感到不安的那道陰影便逐漸顯現出來。

「總之先點起火光吧，還有吃飯。」

齊克將腰間掛著的小袋子放到地面上，然後用正經的表情說：

「這樣隊長說不定聞到味道就會過來了。」
「對耶，沒錯。」
卡米拉點頭同意。個性認真的里斯提亞德微微皺了眉，但還是拿出自己的行囊。
「說得對，哈迪斯做的保久食品還有剩，現在不要去狩獵比較好吧。」
「哎呀，殿下可真是設想周到。那我去升火喔，那邊就有木柴。」
「我去撿吧。」
勞倫斯站起身，小心翼翼地從岩石陰影處走出去，接著瞪大了眼睛。
是一頭即使身處昏暗的暗藍天色中仍發著光的漆黑之龍，正筆直地朝這裡飛來。
「……唔！各位——」
「勞倫斯！大家都平安無事嗎？」
耳熟的聲音讓原本想躲起來低聲下指示的勞倫斯回過頭。為了用餐正在做各種準備的人們，全都趕緊跑出來。
「吉兒！」
「皇帝的保久食品都還沒打開，妳就過來了嗎？」
「這是什麼意思？太好了，齊克、卡米拉、勞倫斯……還有里斯提亞德殿下也在！」
如此說道的吉兒從只掀起些微風勢，便優雅降落到地面的黑龍身上跳下來。
「對不起，我來晚了。」
雖然身上有髒汙，但吉兒爽朗地笑了。只是比起這份感動，她身旁的那頭生物的存在更讓人震撼。里斯提亞德等人的臉色都從青開始轉白。

「妳、妳、妳……妳為什麼會騎著黑龍？」

「發生了很多事，這些等一下再說！對了，里斯提亞德殿下，我們把布倫希爾德帶來了。」

「啥？」

吃驚的里斯提亞德朝空中看去，這回是紅龍、綠龍接二連三地降落下來。牠們都是里斯提亞德率領的龍騎士團中的龍。數名士兵們歡呼起來。

「布倫希爾德，怎麼會……！」

彷彿對跑到眼前的里斯提亞德撒嬌般，紅龍的頭在他身上蹭著。吉兒往上看向身旁的黑龍。

「我說了里斯提亞德殿下的事後，黑龍就幫忙叫牠過來了。」

「不必多禮。」

所有人聽到黑龍的聲音，全都瞬間呆愣在原地。

但里斯提亞德率先恢復神情，在黑龍面前跪下。

「請容我向您致謝，黑龍大人。」

「看來你熟知禮儀呢。」

「會說話……說、說得也是，畢竟是黑龍啊。」

卡米拉把手放在胸前，調整呼吸後也行了禮。看到所有人都照樣行禮之後，黑龍似乎感到滿意，從鼻子發出鳴叫。

「大家都平安吧，那麼請報告現況。」

「哎呀……這個啊，隊長，我們在逃跑途中，蘇堤和熊陛下……」

正當齊克盤算著還是得把牠們當作犧牲者來匯報時，吉兒「啊」地叫了一聲。

「蘇堤！熊陛下也在！」

那隻仿冒小雞發出莫名可愛的叫聲，揹著變得殘破不堪的熊玩偶，從茂密的草叢中探出臉。

「你這傢伙，有受傷……沒有啊，太好了。你救出熊陛下？幹得太好了！」

「啾！」

「熊陛下也奮力為大家作戰而變得殘破不堪……」

「但被打得更加殘破的是敵人就是了……」

吉兒不知道有沒有聽見齊克的聲音，她抱著熊玩偶和仿冒小雞站起身來。

「要請陛下修好才行。」

她緊緊抱住那個玩偶向前方看去的身影，看起來彷彿是一個成人女性，勞倫斯眨了眨眼。但當他一眨眼，那個身影就瞬間消失了。

「我們一定要救出陛下。勞倫斯，擬定計策。」

「我明白了。」

他對於一邊點頭一邊理所當然地回覆吉兒的自己感到驚訝。差點忍不住笑出來。

（真有趣。）

這個少女回來了。即使只是這樣，稍早那股黯淡的不安已經消失殆盡。

真令人感到可惜，若她能留在克雷托斯、若她願意與傑拉爾德締結婚約，應該就能被尊稱為軍神大小姐，與自己一起奔馳在戰場上了吧。

「請交給我，就算人數不多，我也會救回皇帝的。」

就當作是為了斬斷自己對這份心情的依戀，也要讓他們贏。

如此在有朝一日成為敵人的那天，便能夠做到不手下留情。

似乎作了個夢。是個美好未來的夢。

然而現實的自己是在昏暗的牢籠中，在為了押送重罪之人而施以魔法強化的馬車當中。裡面聽不見任何聲響，阻隔了視線與聽覺，是個用鐵箱打造，一般人待幾天就會發瘋的移動結界。

不過哈迪斯體內飼養著一位名為龍神的神，讓他還能保有自我意識。

（距離帝都不遠了……）

根據自己被囚禁的地點與時間計算又估計後，現在的魔力與體力，都還沒恢復到救吉兒時的狀態。假如他的處決會立刻執行，連要逃跑都會很吃力吧。

（……最糟的情況是，若那個女神的容器在場，可能連帝都都會受影響吧。）

「哈迪斯，醒著嗎？」

魔法的力量似乎稍微減弱了。藏著牢籠的馬車窗簾掀起，專心恢復體力的哈迪斯睜開眼。

「你沒有進食嗎？身體搞壞了怎麼辦？」

「妳叫不久後就要處決的人吃東西嗎？」

用關心語調對他說話的艾琳西雅，被這麼一回嘴安靜了下來。原本要勸他進食的手停在胸前握緊。

「……說得也是，對不起。但是我和維賽爾打算一起去說服皇叔，至少可以讓你在某個地方像普通人一樣生活……」

「我是龍帝，就算你們再怎麼否認也沒用。」

眼神直盯著別處的艾琳西雅像是在發抖。她心裡應該很清楚。

在他們選擇不使用龍押送哈迪斯的時候，就已明白到底誰才是龍帝。

「為什麼吉兒要我不殺妳呢？」

哈迪斯沒有期待答案的自言自語，沒想到艾琳西雅雖然眼神仍看向別處，還是以帶著苦笑的語氣回答：

「因為那樣你就太可憐了啊……遭姊姊背叛還殺了姊姊的你，會非常可憐。」

「我並不認為自己可憐，何況我打從心底就沒把妳當作姊姊。」

「……我不求你的諒解，但是……至少吉兒應該要殺掉我才對。」

「這是在請求饒妳一命嗎？」

「這是為了無法成為你的姊姊所做的贖罪。」

她臉上帶著彷彿在哭的笑容，看起來並不像說謊，令他產生了疑問。在不經意之間，便如氣泡般輕聲問出：

「……皇姊為什麼要背叛我？」

聽到哈迪斯這麼詢問似乎感到吃驚的艾琳西雅眨了眨眼，表情像是快哭出來。

「……你沒有錯，一點錯都沒有。錯的人是我們，你並沒有錯。」

「……」

「對不起，我是個沒用的姊姊，真的對不起你……」

才說完不是姊姊，轉眼又叫了姊姊，真是麻煩。但還是想問原因。

即便只是嘴巴上說說，卻打算對自己手下留情的這個人，不禁想仔細問問她背叛的理由。

「——敵襲！艾琳西雅殿下，有敵襲！」

「從哪裡攻來的？」

「龍，是龍！是里斯提亞德殿下……還有黑龍朝我們攻擊！」

瞪大雙眼的不只艾琳西雅，哈迪斯也是。連沉睡在哈迪斯體內進行恢復的拉維也有反應。

『黑龍，是紫眼的。是現存的龍當中地位最高的——小姑娘被認可了！』

當然啊，哈迪斯笑了。她可是龍妃。

因為她是由他選中，受到龍神拉維祝福的龍帝的新娘。

地位接近龍神的黑龍，能夠命令野生的龍讓卡米拉、齊克、勞倫斯等人乘坐。有數頭龍，便能組成簡單的陣型飛行。

勞倫斯準確地推測出押送哈迪斯的隊伍應該不會使用龍。另外也預測到他們會擔心把菲莉絲王女捲入紛爭，讓事態便得麻煩而另外進行護送。

（不過就算使用了龍，兵力還是完全不夠，而且也沒有對抗假天劍的方法。）

要跟時間賽跑。

「各位聽好，我們的目的是要救出皇帝！我們能勝過對方的只有機動力，如果等到帝都的後援前來壓制就會輸。」

列出幾條押送哈迪斯的路線，並推導出這條路線的勞倫斯喊道：

「請里斯提亞德殿下的騎士團進行盤旋，盡可能引開兵力。我們會去救出皇帝。祝各位作戰順利！」

在他喊到最後時，箭從下方飛過來。不過里斯提亞德的騎士團可不是省油的燈，包含布倫希爾德，所有的龍都轉過身避免自己被擊落，並吐出火焰進行盤旋。

最快追上押送團的吉兒看著眼底的狀況，對黑龍下達指示。

「黑龍，是那輛最大的馬車！」

「了解了！」

吐著火焰擊倒士兵們的黑龍，筆直朝著最大的馬車飛去。

那裡有個難以置信的人物，踢了馬車的屋頂飛身上來。

「艾琳西雅殿下……！」

「吉兒，皇叔說妳死了，但我覺得妳應該還活著呢。」

遭到擊來的劍的強大氣勢逼退，吉兒從降落到地面的黑龍背上跌落下來。

「我不要緊，快帶著整台馬車連同陛下逃吧！」

「要帶著飛走是不可能的，那個鐵箱本身施加了會殺死龍的強大魔法！這應該是女神的國家的東西……只能破壞整個鐵箱，會很花時間喔！」

「卡米拉、齊克！我們負責保護黑龍！不要讓士兵靠過來！」

勞倫斯立刻下達明確的指示，然而艾琳西雅並沒有顯露著急的樣子。吉兒冷靜地與艾琳西雅保持距離後站穩，將拔出的劍指向她。

魔力當然還沒完全恢復，和黑龍戰鬥的傷也還沒痊癒。即便如此……

「——艾琳西雅殿下，請讓開。」

「我不能讓開……這是為了我的家族和弟妹們。」

看著皺起眉頭的吉兒，艾琳西雅露出美麗的笑容。

正當吉兒看入迷的瞬間，艾琳西雅突然以極快的速度從正面以劍戟刺過來。

「……唔！」

「妳魔力被封印了，還能接住這一擊啊。看來確實是個危險人物。」

第二擊「鏘」地由下往上襲來，使劍刃缺了一角。即便想拉開距離，還是立刻遭到追擊。當吉兒躲開艾琳西雅刺來的劍尖時，臉頰上出現了血痕。

（好強！）

雖然沒有小看她，但因為沒有與她直接以劍交戰過而失算了。目前魔力還沒有恢復到一半，這樣的狀態不知道能夠應戰到什麼時候。

「吉兒，退下吧。只要你們退兵，我不會追過去！哈迪斯的命就由我來救！」

「既然要那麼做，那何必背叛！」

這種自私的說法令人氣憤，兩人的劍鍔持續相抵，吉兒對她怒吼。就算被壓得往後退吉兒也不想輸給她。更沒打算放棄。

「既然妳想救陛下，為什麼不當陛下的盟友！」

推著劍的艾琳西雅彷彿受傷般表情扭曲，但力道並未減弱，吉兒則是被彈飛並撞上岩石後落到地面上。艾琳西雅的劍尖筆直地朝吉兒而去。在直視著她的吉兒面前，劍尖遭到彈開。

「皇姊，也請讓我問問妳吧。」

將兩端的槍頭發著光的槍轉回來，里斯提亞德擺出架式。艾琳西雅稍微收起劍。

「里斯提亞德……」

「為什麼要背叛哈迪斯，妳並非一開始就是盟友，這點我能理解。但妳是個重感情的人，並不是個會拋棄有一半血緣的手足與家人的人。因此我信任妳，認為該把妳當成盟友……我實在不願意相信那時信任妳是錯的。」

「不對——」里斯提亞德稍作停頓後喊道：

「我現在也不認為信任妳是錯的！」

然而艾琳西雅相當冷靜。她吸了口氣後，站直姿勢。

「那麼里斯提亞德，你也來追隨我吧。」

「我認同哈迪斯是皇帝！要是背棄這件事，就是背棄我的人生了！」

「即使關係到你妹妹的性命也是嗎？」

聽到艾琳西雅這麼大喊，反倒讓里斯提亞德加深了決意並怒吼道：

「我真是錯看妳了，皇姊！那是最不能對我說出口的威脅！」

「不是……」

打算否定的艾琳西雅首先察覺到了。在吉兒行動之前，她和里斯提亞德過去抱住吉兒讓她趴在地面上。在上方，有驚人的魔力奔馳。

「艾琳西雅，怎麼拖拖拉拉的？」

「皇叔……」

沉重的鎧甲發出聲音，格奧爾格手上揮舞著假天劍。

在他身後，能遠遠地看見軍旗。帝國軍的隊伍一字排開正朝這裡過來。

（可惡，陛下呢——勞倫斯他們還沒救出他嗎？阻止的士兵呢？）

里斯提亞德的部下們在遠處遭受包圍。龍群的攻擊也顯得有困難，看似陷入膠著的狀態中。

站起身的艾琳西雅著急地對格奧爾格大喊：

「這裡交給我，請皇叔稍等一下，我會說服里斯提亞德！」

「但他的表情看起來，不像是能被妳說服的樣子。」

「皇叔，你來得正好，我無法和溫柔的皇姊談下去。」

艾琳西雅想護著他而按住他的肩膀，但里斯提亞德還是站起身往前走去。

「哈迪斯是龍帝，這是無法辯駁的事實。我不知道你對皇姊說了什麼，但希望你能停止這種沒有意義的紛爭！」

「你是指哈迪斯適合當皇帝？」

「與用計燒毀無辜村莊的你相比，他要適合多了！」

「那是沒辦法的事。」

聽到他毫無愧疚地說出這句話，吉兒的手指深深抓入地面。

艾琳西雅緊咬嘴唇，里斯提亞德的情緒很激昂。

「那一點都不像拉維皇族會說的話！皇叔，我就明說了，你連身為拉維皇族都不配！」

「里斯提亞德！」

里斯提亞德甩開艾琳西雅的制止，躍身衝向格奧爾格，卻被假天劍一擊打飛退了回來。

「里斯提亞德殿下，沒事吧？」

「可惡，那把天劍真的是假的嗎……？」

「那是假的，不過威力是貨真價實的，不能隨便硬碰硬……！」

若它是用女神的聖槍所打造，威力就與神器無異，絕對不能小覷。

艾琳西雅再次站到吉兒與里斯提亞德前面，提高音量說道：

「皇叔！我會說服他的，所以請把這裡交給我處理。」

「妳太天真了，艾琳西雅。押送哈迪斯會那麼慢，也是因為不夠機智吧？難道沒考慮到他在途中逃脫的可能性嗎？本來早就能抵達帝都，卻遭受敵人奇襲落到這副慘樣。」

「那是因為……」

「里斯提亞德，你剛剛說我不配當拉維皇族吧！那麼你自己又如何？真的是拉維皇族嗎？」

格奧爾格往前站了一步，里斯提亞德皺起眉頭。

「我不明白您說的意思。」

「艾琳西雅之前也不知道這件事，自然不能怪你不知道……關於哈迪斯的母親……」

「難道你現在還要拿出因為哈迪斯的母親是平民的舞女，所以他不適合當皇帝這套說法？」

「那個女人在生下維賽爾後，和當時是護衛的男人有了情愫。皇帝——皇兄沒有臨幸還找了理由蒙混過去。真是愚蠢至極，才會導致現在的狀況。」

他究竟想說什麼？

聽到這段莫名其妙的話，里斯提亞德和吉兒都不禁困惑地眨著眼。艾琳西雅臉色鐵青喊道：

「皇叔！這件事不必告訴里斯提亞德……」

「不，他有必要知道。因為這是拉維皇族全體的危機。」

「……這是怎麼一回事？你究竟想說什麼！」

「哈迪斯並不是皇兄的孩子。」

那瞬間彷彿所有呼吸都停止了。

格奧爾格帶著扭曲的視線和失焦的眼神笑了。

「里斯提亞德，你明白這代表什麼意思嗎？」

吉兒緩慢地嚥下口水的同時，理解了格奧爾格所說的意思。

（陛下是龍帝，是拉維皇族沒錯。然而陛下並不是前皇帝的孩子，這表示……現在的拉維皇族……）

里斯提亞德比吉兒早一步理解到事實中的意義，不由得雙膝跪下。艾琳西雅緊握著拳，像是忍著情緒般閉上雙眼。

「我們不能承認哈迪斯為皇帝。」

身為拉維皇族的他們與龍帝一點血緣關係都沒有，若承認了他就表示——

「唯獨他不能成為龍帝。」

否則那將表示承認了現在的拉維皇族並非龍神拉維的後裔。

克雷托斯王國是由女神克雷托斯的後裔統治，拉維帝國是由龍神拉維的後裔治理。這片土地上，沒有人懷疑過這件事。

就連吉兒也不斷地深呼吸來保持冷靜。

而且同時間，吉兒也明白了在她所知的未來中，哈迪斯不被拉維皇族接受的原因。

（自己人醜惡內鬥的真正原因，原來是這個……！）

哈迪斯是皇帝又是龍帝的事實，會導致現在的拉維皇族失去他們的正統性與存在意義。

「……什麼時候？從什麼時候開始的？」

「不知道。最有可能的時間點，應該是三百年前天劍消失那時候吧。」

格奧爾格可能已經接受這個事實，輕描淡寫地回答。里斯提亞德雙手扶在地面上，顫抖了起來。比任何人都加倍以身為拉維皇族為傲的里斯提亞德，這個打擊無法估量。

「怎麼會？那麼……幾百年來……我們都欺騙著人民……」

「住嘴，里斯提亞德！我們是拉維皇族，我們必須維持這個身分。」

「但是，那樣是……」

「不然就把你的首級以『與前皇帝沒有血緣的不潔之子』的身分獻給人民吧。」

里斯提亞德的喉間發出嗚咽。如果要繼續冒稱皇族，這是理所當然的事態發展。吉兒咬緊了嘴唇。

因為有正統的血統，才使人民服從。這與皇族自己的臆測無關，只要讓人產生疑慮，就會成為鬥爭的火種。特別是有像哈迪斯這樣真正的正統血統存在，便絕對會有鬥爭。

「現在你明白原因了吧，里斯提亞德。若是明白，就把那邊那個小姑娘抓起來。」

看著里斯提亞德因為震驚而晃動的肩膀，吉兒握住了拳頭。

格奧爾格催促喊著：

「里斯提亞德！你想讓你哥哥無辜的死亡受到嘲笑嗎？要讓你的哥哥以皇太子身分偉大死去才對，沒錯吧？」

里斯提亞德的五根手指緊緊抓入地面中，吉兒像是在祈禱般看著他緊抓泥土的拳頭。難道一點辦法都沒有了嗎？

最終，哈迪斯還是只能把冒稱為拉維皇族的人全都殺掉才行嗎？

「——皇兄……是很偉大的皇太子。在那些膽小如鼠的人們一個個放棄皇位繼承權逃走時，他抱著死亡的覺悟成為了皇太子。他說過，那是自己身為拉維皇族該做的事。」

「說得沒錯，所以維護他身為皇太子的名譽，就是你的——」

「如果換成是皇兄，就不會說出要我繼續偽裝血統這種話……身為皇族就更是如此！」

里斯提亞德以充血般扭曲的臉孔大喊道。艾琳西雅宛如受到他的氣勢逼退，向後退了一些。

「這件事應該公開！然後要接受人民和皇帝的裁決才對！如果我們的存在是錯誤的，就要導正過來！」

「那麼你有送妹妹上處決台的覺悟了？」

里斯提亞德露出幾乎要哭出來的表情無法回答，接著拳頭捶在地面上。

艾琳西雅輕輕地抱住他的肩膀。

「這樣你知道了吧，里斯提亞德……哈迪斯還不知道這件事，所以現在還來得及在不引起巨大紛爭的狀況下，保住哈迪斯的命……只要我們能夠把這些事隱忍下來。」

艾琳西雅背叛的理由真相大白了。她是在聽聞格奧爾格說出這件事後，換了一個方式想保護不知情的弟妹。

（不過那樣太殘忍了……）

顫抖著蹲在地面上的里斯提亞德也是，抱著他肩膀的艾琳西雅也是，被選擇犧牲掉的哈迪斯也是，誰都——沒有獲得救贖。

「只要『那個人』死亡事情就結束了……既然你們不能動手那就沒辦法。」

格奧爾格將視線移到吉兒身上。吉兒抬起頭，看到魔力開始纏繞的天劍，便擺好架式。

「首先得殺了那個自稱為龍妃的女孩才行。」

「等等！如果那就是造成紛爭的原因，可以和陛下商量吧？」

「對利用詛咒殺死皇族的人有什麼好商量的？那個小鬼是個禍害！這就是結論。他造成拉維帝國的動搖，是不可原諒的存在。他根本不該誕生在這個世界上！」

「居然那樣說……唔！」

「那個人要是沒有出生，就不會有人遭遇不幸——」

威脅似的揮舞著假天劍的格奧爾格，突然停下動作。

吉兒感覺到原因從背後傳來，於是回過頭。

糟糕了，吉兒心想。

「陛……下……」

「……真是有趣的故事呢，意想不到的事實連拉維都嚇了一跳。」

應該是黑龍破壞了牢籠。哈迪斯獨自帶著爽朗的笑容，一步一步朝這裡走來。

「我非常明白了……真的非常明白了。」

那個笑容清新到令人發寒。

「確實沒有商量的餘地，畢竟掌握生殺大權的人是我啊。」

里斯提亞德和艾琳西雅的臉色鐵青，格奧爾格再次抿緊雙唇。

「即便如此，我也還是有一個幸福家庭計畫呢！就算被說受到詛咒，還是相信我們一定有能互相理解的一天。」

「哈迪斯，我……」

「住嘴，叛徒！」

遭到哈迪斯以銳利的眼神打斷，艾琳西雅不禁退縮了。哈迪斯嘲笑著：

「在這裡的所有人，都是骯髒的叛徒啊。」

「這個假扮龍帝的惡人，我現在就在這裡處決你！」

格奧爾格握著的劍伴隨一陣暴風釋放魔力，卻在抬起臉的哈迪斯眼前，全部灰飛煙滅了。格奧爾格向後退。

「你的魔力……不是應該封印住了嗎……」

「啊啊，應該是女神很享受這樣的狀況吧，我也止不住笑意。」

吉兒立刻看向後方牆壁與只看得見石灰白尖塔的地方，聽見菲莉絲王女已經從其他路線進入帝都了。

（她操縱著封印魔力的效力嗎？難道……是透過假天劍？）

格奧爾格的嘴唇驚恐地顫抖著嘀咕道：

「讓我們吃了那麼多苦頭，現在又來嘲笑我們嗎？你這個怪物……！」

「若我是怪物，那你們又是什麼？」

那雙發著光令人懼怕的金色眼瞳嘲諷地笑著，伴隨怒意與殺意扭曲。

他不知正看向哪裡，但一定也沒有看見吉兒。

「處決?別笑死人了。要被處決的人不是我,而是你們啊!」

猛烈的魔力從哈迪斯的腳下噴發上來,所有人受那股令人懼怕的壓力壓迫而全身顫抖。劇烈震動傳來,地面都龜裂了。

在這樣下去會中了女神的下懷。吉兒一踢龜裂的地面跳起。看著那張因為笑不出來的哭泣表情而扭曲的面孔,還有那雙失焦的金色眼瞳,得讓他的注意力轉到自己身上。

「陛下,不可以!」

吉兒幾乎用全身的力量衝撞上去,抱住哈迪斯的腰間,但哈迪斯還是不斷地吼叫著。

他一邊嘲諷,眼底一邊散發某種光芒。

「我做了什麼!到底做了什麼?而你們又對我做了什麼?擅自疏遠我,用詛咒之類的說法,發生壞事都把原因歸咎到我頭上!」

「陛下不可以,請看這裡!看著我——!」

「沒有出生在這世上就好的人是你們才對!不是我!」

因為憤怒而產生電光般的魔力捲起的風壓,幾乎要將她吹走。沒有足夠魔力阻止哈迪斯,只能努力撐住。

(振作一點,女神的魔力封印又怎麼了!把那種東西折斷吧!)

怎麼能輸給愛。

吉兒咬著牙,絕望地將哈迪斯打算往前走的身體推回去。全身有如火燒般灼燙,但她沒有躲開,抬頭看向他的臉。

「我要殺了你們，所有人都是。」
和下達虐殺命令的時候一樣，是同時充滿愉悅和絕望的扭曲表情。
「我要讓你們後悔出生在這個世界上，就如同我被對待的方式！」
「——我要生下十個陛下的孩子！」
圍繞在哈迪斯周圍的魔力，忽然間消失了。
原本受恐懼占據的空氣安靜了下來。
「…………什麼？妳剛剛說什麼？」
哈迪斯第一時間冷淡地回了話。吉兒兩手環繞著他的腰，再次喊道：
「我決定，要生下陛下的孩子！十個人！」
他金色的雙眼終於映入吉兒的身影。她趁勢繼續說下去：
「請放心交給我，因為我們家是多產家族！我家總共是七個兄弟姊妹，姊姊也已經生了三個孩子了！」
「……吉兒，我不懂妳在說什……」
「然後，讓里斯提亞德殿下跟我們的女兒結婚吧！那樣他就會是您的兒子！」
「——什麼？等一下，這樣會差幾歲啊？」
可能是過於震驚，里斯提亞德傻傻地大喊。吉兒沒理他，接著指向艾琳西雅。
「然後艾琳西雅殿下和我們的兒子結婚，就能成為您的女兒！」
「我……我也要嗎？這是在說幾年後的事？」

「這樣大家就都是家人了！」

哈迪斯一直瞪得大大的金色雙眼，這時終於眨了眨。吉兒挺起胸膛：

「怎麼樣？很完美吧！這就是陛下和我的幸福家庭計畫！」

所以拜託，千萬別放棄。吉兒將臉埋在哈迪斯放鬆下來的身上祈求著。

「……陛下，我跟您也沒有血緣啊。但是我們可以成為家人。」

血統的正統性是動搖國家的問題，吉兒也清楚知道這不是能輕忽的狀況。

不過，艾琳西雅和里斯提亞德都是很好的姊姊和哥哥。

既然如此，以哈迪斯的姊姊與哥哥的身分作為拉維皇族不是很好嗎？

（還有路能走，陛下一定能理解。）

按照格奧爾格的說法可以察覺到，維賽爾也只有一半的血緣關係而已。

所以當發現自己孤單一個人，而且沒有血緣關係這個藉口時，只是感到悲傷又憤怒。只要冷靜思考，就能夠理解。

「龍帝啊……兩頭紅龍要求赦免。」

黑龍應該全都聽到了。牠從空中將卡米拉、齊克和勞倫斯帶過來，降落在哈迪斯身後。

「我也作證吧。那邊的皇女嘗試要救龍妃。那邊的皇子為了救龍帝加入了這個隊伍。若有所欺騙，紅龍們是不可能幫忙的。」

「……」

「再者，在久遠的過去中，拉維皇族分支為三公爵，繼承他們血脈的子孫中也有許多皇族。

若是如此，我認為皇女與皇子皆足以具備身為拉維皇族的資質。」

「……拉維，祢認為呢？」

聽到哈迪斯的詢問，不只是艾琳西雅和里斯提亞德，連黑龍也緊張地繃緊神經。不過，拉維剛剛應該也打算阻止哈迪斯。

「無所謂啊……這樣啊。」

對哈迪斯而言，這應該也是他意料之中的答案吧。哈迪斯一邊嘆氣，一邊在吉兒面前蹲下。不，是單膝跪了下來。

「十個人？」

那個帶著調皮詢問的眼神雖然笑著，也帶有放棄與不安的掙扎。於是吉兒伸手摸摸他的頭。

「要更多也可以喔，我喜歡人數多一點，而且陛下這麼怕寂寞。」

「這樣啊……那孩子們有大伯和姑姑可以陪他們玩，應該會比較高興吧。」

那是承認里斯提亞德和艾琳西雅為兄姊的一句話。吉兒臉上出現喜悅的光彩，同時被抱起。

「明明還無法好好使用魔力卻想阻止我，真是太亂來了。」

「因為陛下不成熟地發脾氣啊。」

「說得也是……不過妳真是太厲害了，原本以為還要再花上兩、三個月的時間。」

『嗨～小姑娘！久違了。』

哈迪斯揮了揮空空的右手，彷彿理所當然似的，天劍出現了。

「拉維大人！」

「女神的魔力封印變弱了——皇叔，不，叛徒格奧爾格！」

哈迪斯將閃著光輝的天劍指向呆愣住的格奧爾格，接著聲明道：

「對於你誆騙我的姊姊與哥哥，還有冒充龍帝稱號，我要你贖罪。若你投降，還能讓你以拉維皇族的身分處決。這會比你繼續拿著那個假貨的死法要好得多。」

「你……你說的是什麼意思……」

「假冒龍帝稱號也就罷了，你還偽造天劍，那是引起龍神憤怒的行為。你在不久後，就會因為受到龍神的詛咒，全身腐爛而死喔。」

難怪哈迪斯會說放著不用管他啊。

格奧爾格的臉色快速地由青轉紅，他搖搖頭。

「不，不行，即便如此也一樣。唯獨要我相信你是不可能的……得把你消滅才行。只要再次封印你的魔力，只要有那個時間就夠了！」

里斯提亞德站到皺著眉的哈迪斯身前。

「皇叔，快住手吧！哈迪斯已經要承認我們是拉維皇族的一分子，接受他這份好意——」

「他那麼說的證據在哪裡？也沒有證據證明這傢伙未來不會做出背叛！」

被怒吼的里斯提亞德神情嚴肅。

「……我相信他，皇叔。不，我們應該要信任他。」

艾琳西雅靜靜地站了起來。

「只考慮著自己的事，採取明哲保身行動的人是我們。而願意寬恕我們的哈迪斯，是一名了不起的皇帝。現在的我們需要的是堅定地信任他。」

「那種天真的想法究竟能保護什麼！這個——這、個……唔？」

格奧爾格突然掩住自己的嘴，眼珠朝詭異的方向轉動，看向自己手上舉著的假天劍。

接著，他的右手臂以驚人的氣勢膨脹起來。

「什麼……」

變化只在轉眼之間。他的右手臂從厚重的鎧甲突出來，肩膀、脖子、全身都反覆地膨脹與破裂，彈飛所有鎧甲。接著膚色變得暗沉、體積逐漸增加。腳和手，還有頭都被可怕的肉塊埋住又分裂，不斷反覆著。

「我們……必須要……排除掉……龍帝……不然……會被殺掉。」

變得巨大的格奧爾格的陰影逐漸籠罩所有人，吉兒喊道：

「陛下，這是拉維大人的詛咒嗎？」

「不是，是那把假天劍正在吞噬皇叔。」

「女兒、哥哥、家人，還有甥姪輩所有人……都會受到……龍帝的……制裁。」

里斯提亞德和艾琳西雅戰戰兢兢地盯著不斷持續變化的叔叔。

「要去……幫他們，要去……救他們。」

「皇叔……皇叔，已經夠了！快扔掉那把假貨！我們不會讓你擔心的未來發生的！」

「——就算……後世說我們是傻瓜……」

假天劍將原本是格奧爾格的肉塊下沉到內部，接著重新長出手腳，變成四肢著地的姿勢，並從背上長出藍色翅膀。

那是一隻仿造龍變形出的怪物。

「我來守護……守護守護守護破壞殺死殺死所有人，我是龍神的後裔！與女神作戰的人！」

血淚從它的一隻眼睛中流出來，斜開的嘴巴發出類似慘叫的怪聲。

大家摀住雙耳阻隔那個聲音形成的衝擊波。黑龍雖然吐出火焰，但原是格奧爾格的怪物拍動翅膀飛向空中逃開了。隨後以極快的速度，筆直地朝帝都的方向飛去。

突如其來出現的怪物身影，讓朝這個地方而來的軍隊發出慘叫聲。

「難道它打算攻擊帝都嗎？羅薩！」

「布倫希爾德，快來！我們要去阻止皇叔。皇姊，請妳帶領那邊的士兵！」

艾琳西雅與里斯提亞德呼喚龍並跳了上去。吉兒也大喊：

「勞倫斯、卡米拉、齊克！去引導帝都的居民避難！陛下——陛下？」

她被緩緩地放到地面上，困惑地眨著眼。

哈迪斯大大的手掌，以極不符合這個緊急狀況下的溫柔力道撫摸著她的臉龐。

「我去去就回。黑龍，龍妃交給妳了。」

「領命。」

「拉維，要走了。」

『好喔～』

正當她想呼喚「陛下」時，哈迪斯已經踢地面離開了。

為了追上筆直朝著帝都而去的怪物，哈迪斯以驚人的速度飛去，吉兒也趕忙爬上黑龍的背，讓牠載著追上去。

變成怪物的格奧爾格和剛才一樣，口中發出的音波，一擊便破壞了帝都的魔法屏障和城牆。帝都的空中傳來哀嚎、怒吼與爆炸聲，也飄起因建築物崩落產生的煙塵。敲響的鐘聲，是敵襲的通知。

然而已經追過怪物的皇帝，在帝都上空張開手腳阻攔怪物。

他手上所持的是天劍。閃著銀白色的光芒，屬於龍帝的所有物。

在吐出的魔力彷彿帶著焦躁慘叫的怪物面前，天劍更顯得美麗又有光輝。

「到此為止了，皇叔。你很了不起，打算從我這樣的人手中保護家人與國家。」

懷著慈悲與憐憫的心情，龍帝將天劍的劍尖對準了怪物。

「所以，這是給你的陪葬。」

宛如要將天空劈成兩半似的，一道閃光快速飛過。龐大的魔力響起巨大爆炸聲並產生暴風，帝都的天空染成一片銀白。無論是雲朵還是煙霧，甚至醜惡的怪物，全都淨化乾淨。

「不必擔心，我一定會——」

哈迪斯究竟說了什麼，吉兒並沒有聽見。不過，她看著即便在白天也如星塵般閃耀著光輝的銀白色魔力微笑了。

看到那個畫面，有誰還會懷疑呢。

他正是守護這個國家的皇帝。是受到龍神護佑的龍帝。

終章

「我說你為什麼會這樣！把背挺直！認真點！」

「好痛好痛好痛，你這麼用力壓我的頭，要是因此變矮你要怎麼負責？」

「才不可能變矮吧，笨蛋！」

「里斯提亞德，不要太超過。哈迪斯好不容易整理好的頭髮都翹起來了。」

「皇姊，請再多罵里斯提亞德幾句。」

「你倒是差不多點，不要再只叫我的名字，叫我皇兄！」

為了下午要開始舉行的帝都凱旋遊行，三人從上午便吵吵鬧鬧的，吉兒在帝都極其豪華的休息室角落看著他們。卡米拉和齊克也一起站在牆邊看著，臉上浮出苦笑。

「真是太好了呢，他們三人能夠感情那麼好的處在一起。」

「但還只是表面上啦，感覺還是很勉強。」

「沒有關係，都是從表面開始的。」

坐在椅子上晃動雙腳的吉兒沒有參加遊行。雖然哈迪斯吵著說想要吉兒一起參加，但里斯提亞德以凡事都有優先順序訓了他一頓，接著艾琳西雅勸說這樣安排是為了他好，於是發表吉兒是哈迪斯的未婚妻一事便往後順延了。

突如其來的假皇帝騷動造成國家分裂，而且連帝都也遭受怪物襲擊。得優先安撫民心，宣布皇帝歸國以及讓人民看見拉維皇族的向心力，這樣的安排非常有道理。

「不過吉兒好像不是很高興呢。妳也想參加遊行嗎？」

「誰教我不參加比較好的原因，是因為個子太矮小會看不到外面啊……但要讓陛下抱著參加遊行又很沒面子……」

真想趕快長高。如果記憶沒有錯，她的成長期應該差不多在這時期開始了。

「而且晚宴也不能參加，這樣就吃不到美食了！」

「隊長，妳最不高興的理由大概就是這個了吧？」

「算了，就先忍忍嘍。除了那三個人，其他皇族也不會參加吧？在那樣的場合，一個小姑娘把料理全拿一輪實在太顯眼，要護衛會很辛苦呢。」

卡米拉開玩笑地說完，蹲在吉兒所坐的椅子旁的齊克也贊同地說道：

「我倒很慶幸隊長沒參加，我對參加那種晚宴實在很不拿手。」

「……那孩子看起來倒是很擅長的樣子呢……」

儘管知道他們說的那孩子是指勞倫斯，但吉兒沒有回話，只是看向自己的腳邊。

變成怪物的格奧爾格被那道閃光劈開後，里斯提亞德和艾琳西雅便一同與身為皇帝的哈迪斯光明正大地凱旋回到帝都。對於從突然出現的怪物手中救了帝都的哈迪斯，帝都居民自然歡欣鼓舞地接受了他。

然而，與人民的反應相反，帝城內靜悄悄的。貴族與官僚等人，一個個聲稱要返鄉，大半數的人都逃離了，留下的人都沒有故鄉可回。聽命於格奧爾格的帝國軍也是，以將軍為首，有大半的士兵不知所蹤。

雖然已經確認帝城裡的皇族平安無事，但不知是軟禁生活的影響，還是想躲開哈迪斯，他們都聲稱自己正在療養。而吉兒最保持警戒的親生哥哥維賽爾等人，因為派遣援軍一事使格奧爾格產生不信任感，遭到強制遣送回斐亞拉特公爵的領地，所以不在帝城內，讓人鬆了口氣。

（儘管產生不信任，也不知道當中哪個部分是真的。）

而即使是被囚禁之身，卻受到幾乎是貴賓待遇的菲莉絲王女幸運地平安無事。從諾以特拉爾到帝都的旅途讓她原本就虛弱的身體狀況不是很良好，只花了幾分鐘打招呼，但看起來對於哈迪斯能活著回到這裡衷心給予了祝福。

總而言之，不管對象是誰，吉兒都全心感到可疑。

另外，克雷托斯立刻慎重地派人前來迎接，於是菲莉絲王女歸國了。懷疑她只是浪費心力，所以什麼也沒說便為她送行。勞倫斯當然也隨侍她一起離開帝都。

（……這時候差不多要離開貝魯堡了吧？傑拉爾德殿下前來迎接她了啊……）

看來傑拉爾德平安地從拉奇亞山脈生還了。

黑龍順便監視，送菲莉絲王女一行人離開，因為牠事前告知過想回龍的巢穴去看看便直接飛回去了。既然沒有收到黑龍的消息，表示一行人順利離開拉維帝國了吧——暫時是如此。

吉兒把視線拉回，里斯提亞德還在罵著哈迪斯，艾琳西雅則帶點苦笑。乍看似乎很溫馨，但有點吵鬧過頭了。

就如齊克所說，大概是在想辦法維持一個形式吧。

前皇帝並非龍神拉維的後裔這件事，在今天的凱旋遊行的演說中，由哈迪斯開口公開這件事了。皇族與三公爵自古以來便持續著婚姻關係，拉維皇族藉此得以持續維持現在的狀態，不過可能還是會引起反抗吧。正因如此，可能會有聲稱自己才是正統拉維皇族的人不斷出現。如同吉兒所知的未來，還受克雷托斯王國幫助——然而，那也是有所覺悟中做出的選擇。

她從椅子上跳下來。

吉兒和哈迪斯的魔力還沒有恢復，但因哈迪斯已經可以拔出天劍，所以她也可以看見拉維的模樣了。祂雖然還沒辦法長時間維持那個像蛇一樣的龍神樣貌，現在正在哈迪斯的肩上，看起來很開心地盯著哈迪斯他們打鬧的畫面。

里斯提亞德和艾琳西雅看不到拉維的模樣，不過，即便無法加入他們的對話，能看到這樣的情景，最開心的人應該就是拉維。吉兒一邊這麼想著，一邊走向他們三人。

率先察覺的哈迪斯向她告狀：

「吉兒，里斯提亞德從剛剛開始就很過分！」

「就叫你不要只叫我名字了……！」

「這是不能勉強的事吧，里斯提亞德。而且我們的立場不能說這些話。」

「像那樣有所顧慮不對吧！畢竟我們可是直接受到黑龍和龍神承認的拉維皇族成員！」

聽到里斯提亞德理直氣壯地如此說道，哈迪斯一臉嫌惡，艾琳西雅的表情則顯得僵硬。

『嗚哇！那傢伙的心情這麼快就恢復啦……』

就連拉維也不禁傻眼。雖然知道那符合他的個性，不過吉兒也露出苦笑。

「說起來，像皇姊那樣不把溫柔跟沒有責任感劃分清楚並不好！」

「說、說得也是，對不起。」

「聽好了，戒慎恐懼的相處方式最讓人火大了！既然是真正的哥哥姊姊，就該像對其他弟妹的方式一樣對待他！就算他是龍帝又如何，有什麼好怕的呢——不管怎麼樣，只有我們不能感到懼怕。」

最後那句話之後的沉默，讓艾琳西雅客套的笑容消失了。接著她用深感佩服的語氣回答：

「這樣啊，說得沒錯。」

「就是這樣，陛下。」

『看來是他得分了，哈迪斯。』

驚訝的哈迪斯回神，把姿勢站正後垂下雙肩。

「因為那樣就對我那麼囉嗦又纏人……」

「哈迪斯，你說什麼？」

「只不過差兩個月就覺得自己那麼了不起啊——里斯提亞德皇兄。」

里斯提亞德眼睛睜得圓圓的，哈迪斯一副「這樣可以了吧」的表情，把頭轉開。臉頰因為害臊微微漲紅，真是可愛。

「……呵、呵呵呵。非常好，你承認我是哥哥了啊，哈迪斯！也就是說，我在你之上！」

「里斯提亞德……明明原本是件好事，你就是這點不好……」

「皇姊，妳說什麼啊！來，再喊一次試試，哈迪斯，叫我皇兄！」
「不要。」
「陛下和里斯提亞德殿下會纏著別人說自己想聽的話這點可真像呢！」
看見受到吉兒的評語打擊的兩人，艾琳西雅在一旁毫不造作地笑了出來。她的笑臉上已經看不到虛假或擔憂的影子。
「說得真好，吉兒的評語可真犀利。」
「艾琳西雅殿下，今天陛下就拜託您照顧了。」
「交給我吧，妳不參加嘛。雖然很可惜，但妳的身高在遊行馬車上應該也看不到風景……」
「這是沒辦法的事，不過我已經十一歲，應該也到了該長高的年紀才對……」
房間內的所有人和龍神彷彿遭雷劈到般，全都愣在原地。吉兒困惑地眨眨眼。
「大家怎麼了？」
「……吉、吉兒……妳現在……不是十歲……？」
吉兒「啊」地喊了一聲，把臉轉向哈迪斯。
「我沒有說嗎？我滿十一歲了！」
「什麼時候？」
「呃，就是在陛下被抓走正在押送的時候。」
這下換成空氣凝結了。吉兒不解地歪著頭。接著哈迪斯突然在她眼前雙膝一軟，跪到地上。
「已、已經是十天以前的事了啊……我、我妻子的……生日……第一次一起過的生日，我錯過了……？」

「沒有那麼嚴重啦，那時候因為艾琳西雅殿下的背叛，完全不是提這件事的時候。」

「唔……對不起，哈迪斯……！」

「啊，皇姊，振作點。請保持冷靜。」

『真的假的啊，小姑娘。』

一臉難以置信的拉維，從哈迪斯身上跑到吉兒的肩膀上。沒想到會引起這麼大的反應，吉兒困惑地點點頭。

「對，其實我十一歲了……」

『啊……這下大事不妙了……』

「把遊行取消吧？改成吉兒的慶生會吧？」

「你是笨蛋嗎？怎麼可能取消啊！」

「真過分，那我不要當皇帝了！不能慶祝妻子生日的皇帝不當也罷！」

看到真心哀嘆起來的哈迪斯，她才發覺不該在這時間點說這件事。卡米拉傷腦筋地從她身後走了過來。

「唉，吉兒，這樣不行啦。」

「對不起……我沒想到陛下會那麼難過……」

「那時候我甚至不在她身邊啊，居然有這種事！都是皇姊背叛害的！」

「如、如果你要責怪我……那個……對不起……哈迪斯、吉兒……」

看見艾琳西雅也感到心情低落，吉兒慌張起來。

「我、我覺得無所謂喔，所以不用在意。各位，畢竟發生了很多事情嘛。」

「沒關係，都是我自作自受……雖然沒想到會是在這種情況下被刺了那麼多刀回馬槍……」

「喂，陛下，不要這樣又哭又喊的。之後大家一起慶祝吧，好嗎？」

「哈迪斯，等遊行結束後吧。我們也會想想怎麼慶祝。」

齊克與里斯提亞德安慰著哈迪斯，吉兒走到他面前蹲下。

「陛下，沒有關係的。等遊行結束，事情告一個段落之後，請大家一起為我慶祝吧。」

「可是……」

「能讓大家一起為我慶祝，也比較開心。」

這是真心話。她在眨著眼的哈迪斯面前大大地展開雙手。

「既然難得慶祝，請做這麼大的蛋糕吧！還要放很多草莓！」

「我……我知道了。嗯，說得也是，既然要慶祝就好好準備吧！我會動用拉維帝國的所有力量，把蛋糕和各地美食都集結到這裡，打造最大的祭典……！」

「真的嗎？」

哈迪斯在眼睛閃著光輝的吉兒面前站起身，雙手握拳。

「交給我吧，給妳看看我怎麼正確使用皇帝的力量！」

「……身為皇帝那應該不是正確的用法，但現在不管是人手還是其他東西都不夠，假如這種狀況要想辦法，不管是辦慶生會還是什麼，我就睜一隻眼閉一隻眼。」

「里斯提亞德，正因為現在這種狀況，就別說這種不通人情的話了。開心的活動愈多愈好，也得準備吉兒的禮物才行了。」

里斯提亞德嘆了口氣，艾琳西雅笑了。拉維在吉兒肩膀上笑著說：

『太好了呢，小姑娘。』

「啊，陛下！我有件事要拜託你。」

「什麼事？只要是妳的願望我都會聽！錯過妳的生日沒有為妳慶祝已經是人生汙點，還把公布妳是我未婚妻的事往後延了……！」

「請暫時借我拉維大人。」

哈迪斯和拉維用同樣困惑的表情，一起眨眼睛看著她。

貝魯堡的港口是吉兒最早踏上拉維帝國土地的地方。至少在這輩子，以這樣的方式進入這國家是件好事。

她一邊懷念地聞著海潮的氣味，一邊降落在碼頭上。

「謝謝，能夠轉移真是幫了大忙。」

「畢竟我也恢復了不少。所以，妳在貝魯堡要辦的事是什麼？雖然妳說有事要跟蘇菲亞小姐說，卻特地留下其他人自己來這裡。」

「對不起，那是假的。」

「假的？」

在吉兒身邊的拉維大吃一驚。港口有一艘巨大的客船浮在海面上，船帆上的圖案是克雷托斯的國徽。看到那艘船，拉維的臉色嚴肅了起來。

「妳該不會打算一個人進行突襲吧？」

「我不會這麼做。不過拉維大人，祢能變成天劍嗎？我想在陛下的演說前趕回去。」

拉維似乎想說些什麼，還是聽了她的話化身成天劍。吉兒握著劍柄，等待那個女人回過頭。

碼頭正為了準備出航，將行李一個接一個吊到船上。然而那些交錯往來的人們與聲音等，彷彿影子般穿透過去。

就好像那名坐在輪椅上回過頭的少女不在那裡一樣。

「吉兒姊姊，妳要跟我們一起回去嗎？」

就像是在等著吉兒的到來，少女的頭可愛地傾斜著。

「不，我是來送行的。」

「難道妳要來送勞倫斯嗎？他正在和王兄談話呢。」

「我是來為妳送行的，菲莉絲王女。」

聽到自己的名字，今天也像個天使楚楚可憐的少女染紅了臉。

「哎呀，為我送行嗎？真是太高興了。我也很想好好地向吉兒姊姊道別……畢竟格奧爾格大人的事情，還沒有機會說自己感到多麼遺憾。」

菲莉絲輕輕閉上眼睛，臉上浮現自嘲的笑容。

「一度與哈迪斯大人分道揚鑣的格奧爾格大人也是，當帝都遭受怪物襲擊的危機時，他與哈迪斯大人兩人一起趕過去，沒想到卻壯志未酬，最終戰死……他們明明好不容易和解了，真是相當遺憾。」

最後勞倫斯留下的這個歷史腳本，由菲莉絲宛如閱讀台詞般說了出來。

「那個怪物是由克雷托斯的魔法產生的魔獸——這樣的傳聞雖然讓人有點困擾，但只是些小事。這就是所謂患難見真情吧。拉維帝國應該因此變得更加團結了，真是件好事。」

「不過，讓格奧爾格大人持有假天劍的人就是傑拉爾德殿下吧？儘管不知道打造那把劍的，是身為女神的妳還是從以前就已經準備好了。」

吉兒這番話，也沒讓菲莉絲如花綻放的笑容瓦解。吉兒繼續挺直背脊，保持沉穩的口吻。

「我並沒有要質問國家之間的戰略。只不過，我懷疑把格奧爾格大人變成怪物的人就是妳，所以來確認。」

「妳有什麼依據？」

菲莉絲完全沒有打算隱瞞自己知道格奧爾格變成怪物的事情。

「我和陛下的魔力封印還沒有解除，這就表示，媒介的那把假天劍還在某個地方。為了轉移焦點，才會讓我們看到格奧爾格大人和假天劍同化一起變成怪物，沒有錯吧？」

「太優秀了，答對了。」

菲莉絲雙手一拍回答道。是意想不到的反應。

格奧爾格是敵人。既然他的敵對狀態已經無法挽回，就算沒有變成怪物，也會遭處決。吉兒想起他在最後喊出的話，不禁握起拳頭。

「究竟是為了什麼要費盡心思做這些事？我明白無論是對格奧爾格大人還是陛下，都是為了要結為盟友，好削減拉維帝國內的國力，這是傑拉爾德大人慣用的方法！但妳是為了什麼而來？總不會是真的為了和陛下締結婚約吧！」

「妳已經自己找到正確答案了喔。我是為了回收假天劍……因為妳折斷女神的聖槍，而且讓它沉入海底了。」

意想不到的回答，使吉兒沉默下來。菲莉絲沉穩地繼續說道：

「它原本的力量就很弱了，如果沒有相同材質製成的媒介，不可能搜索到它的位置。但因為那件事是發生在王兄已經計劃好將東西交到格奧爾格大人手上之後……而我的身體又這麼虛弱，若沒有透過媒介要把它從遠方找回來，我不知又得臥床多少天。」

「……那麼，妳是為了接近格奧爾格大人？」

「是的。但我也不可能要格奧爾格大人把東西還給我，他對克雷托斯王國的警戒心相當高，就算變成怪物，還是想要誅殺位於帝都的女神。所以我才認為藉由把我囚禁起來接近他，再進行回收是最快的。」

原來是因為這樣她才想讓哈迪斯成為盟友。接著按照她的計畫，從諾以特拉爾前往帝都，看準時機把假天劍叫回去。

「畢竟不能什麼事都靠哥哥啊。」

菲莉絲天真地笑著，從輪椅上站了起來。

她小巧的右手上升起黑色的霧氣。吉兒從似曾相識的氣息就知道那是什麼。

是女神的聖槍。是吉兒折斷的克雷托斯王國的神器。是一支宛如仿造夜空般，既漆黑又美麗的長槍。

菲莉絲小巧的手掌握著有自己身高兩倍長的黑色長槍，臉上浮現優雅的微笑。

「就用這個來證實妳的答案吧？」

「——非常清楚了。」

吉兒握緊天劍，隱藏自己的冷汗笑道。菲莉絲把長槍拿在手上，讓她第一次明白了一件事。

（菲莉絲殿下的魔力貨真價實。擁有與陛下並駕齊驅的魔力……是女神的容器！）

然而龍妃可不能被這個身為女神容器的少女比下去。

「那麼，我們就是敵人了。」

「呵呵，妳好不容易成為龍妃。請小心**這次**可不要被處決了喔。」

那一句話明白顯示出，這個少女擁有**以前**的記憶。

她和女神一樣。先不論是否會遭女神吞噬，至少現階段看來，這個少女是憑藉自己的意志和女神共存。如同哈迪斯與拉維共存一般。

「妳的目的是什麼？陛下嗎？」

「是的，我要讓那個龍帝變成我的——為了王兄。」

在瞪大雙眼的吉兒面前，菲莉絲向她行了一個完美的淑女之禮。

「我要向妳道謝，吉兒**姊姊**。這次拜訪拉維王國，意義非常重大。」

「等等，妳說為了傑拉爾德大人，是什麼意思？」
「難道妳還對王兄有意思嗎？」
菲莉絲捉弄般的詢問，讓吉兒閉上嘴。
「妳能幫忙嗎？明明以前沒幫上忙？告訴妳也可以，雖然王兄一定不願意我這麼做，但我只要為了王兄，什麼事都願意做。妳有那種覺悟嗎？無論何時，都只是棋盤上的一枚棋子罷了。」
「妳說我是棋盤上的棋子？我成為龍妃，是靠自己的意志！」
「呵呵，是這樣嗎？但那是愛嗎？」
「沒錯，因為陛下需要我，而我決定回應他！」
那個愛之女神的轉世，從喉嚨發出了笑聲。
「但王兄明明也曾經同樣需要妳，並且愛著妳呢？」
吉兒震驚地愣住了，菲莉絲宛如預言般說道：
「妳一定也會捨棄龍帝吧，如同捨棄王兄一樣，都是靠妳自己的意志。」
——並不是你捨棄了我，是我捨棄了你。
吉兒曾對傑拉爾德拋下這句話後，從城牆上一躍而下。
（傑拉爾德殿下的確需要我？我會捨棄陛下？）
天劍突然傳來震動，就像在說：「不要被愛蠱惑了。」
沒錯，她約定好了，要帶給他幸福——所以，不要忘記真理。
「……我道歉。我確實問了愚蠢的問題。那個遭到捨棄的男人不重要。」

自己要做的事並沒有改變。

「所以，我接受妳的挑戰。」

海風吹拂著面露冰冷微笑而佇立的王女，吉兒對她握起拳頭。

「我不會把陛下交給妳！好好擬定計策再來吧，我會再次折斷的——不管是那支長槍，還是妳裝模作樣的表情，或給人困擾的愛！」

菲莉絲的唇角往上揚起，似乎是第一次露出她真正的笑容。

那是個睥睨一切，充滿慈悲憐憫的女神的笑容。

「利用愛誆騙的無禮之人，重新來過吧！」

她舞動著將聖槍揮至身側的手勢，彷彿感覺不到長槍重量似的。一陣強力的魔力風壓，隨即從正面吹襲而來。吉兒聽到拉維咂嘴。

『不行，我們回帝都吧，小姑娘！』

吉兒沒反對，眼睛凝視著前方。

坐回輪椅的菲莉絲身後，是正往這裡來的傑拉爾德。他們正準備離去，這是她看過無數次的情景。她認為無法介入其中，那——但是！

吉兒已經不會想追上去了。這樣是對的。

「實在太亂來啦，真是的！」

「對不起……但是轉移地點落在這裡也太糟糕了吧？」

「才不糟糕，給我好好反省！」

從天劍變回來的拉維正面怒罵著，吉兒則是緊抓著圓錐形的屋頂縮縮脖子。眼睛往下見到的是寬廣的天空都市拉爾魯姆的街景，還有為了讓大家從廣場能看到皇帝的露台。

也就是吉兒轉移到了帝城的尖塔處。

「可是我現在這樣，要是在這個狀態掉下去會死的！」

「反省！」

「是。」

拉維在她的鼻尖處拍動著翅膀，嘆了一口氣。

「哎，算了。這個就當作是我送妳的生日禮物吧。」

「……既然這樣我倒希望能回到普通的地點……不，當我沒說。」

「這稱為懲罰還嫌太輕了。這裡可是聽哈迪斯演說的特等席呢。」

吉兒聽了便看向斜下方正在露台上的哈迪斯的背影。他正流暢地唸著咬文嚼字的話。

她聽了苦笑起來。

「那是里斯提亞德殿下擬的文稿吧，一點都不像陛下會說的。」

「以後再幫妳贏回來吧……為了那個時刻，會需要妳的。」

在吉兒肩上的拉維用認真的神情再次說道：

「那個場面妳願意帶著我去，我不會再多說什麼，但不能有下次了——聽到妳知道未來的時候就明白了，小姑娘，看來妳和女神有些淵源吧？」

「……看來是這樣。只是我也不知道事情的詳情……啊，但是要對陛下和大家……」

「我知道，不會說的啦。雖然有很多事想問，不過妳看起來也不是很清楚，還有別看哈迪斯那樣，他很擅長隱瞞祕密。我也是。所以那些祕密，我們就彼此彼此吧。但妳要有自覺，創造出眼前這幅情景的人是妳。」

吉兒重新往下俯瞰。

對著聚集在廣場的人民發表演說的哈迪斯，是多麼落落大方。他身旁僵硬的里斯提亞德和艾琳西雅都感到很驕傲。

「謝謝妳選了那傢伙。」

「拉維大人……」

「那傢伙一定能成為偉大的皇帝——龍帝！」

吉兒的手撫在胸前，正當她準備點頭同意時——

『在最後，我有一件事要告訴大家！』

擴音器中突然傳出的聲音，語氣忽然變了。

吉兒與拉維都眨眨眼，看著在露台上的哈迪斯。

『我和一名不久前剛滿十一歲的女孩結婚了！』

廣場上的人民連要騷動都忘記般傻住了。「那個笨蛋。」拉維露出苦瓜臉說道。

『她是一個非常非常可愛又帥氣的妻子！我們預計要生十個孩子！拉維皇族的成員會不斷增

加，所以大家不必擔心！』

「那個笨蛋，明明都說要以後再宣布了，而且他還用了超級容易誤會的說法……！」

『我們會長長久久的幸福過下去，請大家祝福我們！』

臉色鐵青的里斯提亞德口吐白沫，艾琳西雅臉上露出乾笑。

吉兒則是毫不猶豫地踢了屋頂一腳。

因為哈迪斯一定會擁抱自己、會看向她、不會丟下她不管。

他一定會讓吉兒成為世界上最幸福的女孩。

「陛下！」

「吉兒？」

所以她不會放開這雙手。

一個自暴自棄般的暗號響起，喇叭的音色與白鴿一起伴隨碎紙片向空中飛揚。在四周響起的鼓掌與歡呼聲中，龍帝夫妻彼此相擁。

不讓彼此失去這個往後不會再出現的未來。

間章 ⚜ 攻陷龍妃第一作戰室

吉兒與齊克開始前往龍騎士團工作了。在他們工作時間，哈迪斯讓卡米拉擔任護衛並幫忙自己努力用心地完成家事。除了做飯的準備、打掃、洗衣之外，還要照顧田地與採買食材，另外也得為吉兒與齊克要帶的便當備料，要做的事相當多。

不過，在不必工作的早上和晚上，所有人會聚在一起吃飯。這是一個發生在大家習慣這個默契的生活後，某天的事。

「我有事想找你們商量，可以嗎？」

哈迪斯在晚餐後收拾整理完，向龍妃的騎士們說道。雖然吃的只是粗茶淡飯，但他們用餐的長方形餐桌算是相當大，正在桌邊閒聊的卡米拉與齊克同時轉過頭看著他。

「皇帝居然要找我們這種小兵商量事情？也好啦，畢竟現在是這種狀況。」

「什麼事呀？不想被隊長聽到的事嗎？」

吉兒為了去洗澡剛消失身影。哈迪斯神祕兮兮地對觀察力敏銳的卡米拉點點頭，自己也來到餐桌旁。

「吉兒說從龍騎士團領到薪水，所以送了禮物給我……你們也有拿到嗎？」

「哦～」卡米拉立刻摸了摸自己懷裡。

「有拿到喔～她說用這個代替薪水。我的是手帕。」

「我的是毛巾呢。我們的是在同一間店買的。」

「咦？這樣啊，原來只有我排除在外……」

「為什麼會這麼說？陛下的禮物是隊長特地到別間店買的喔。不必說也知道吧？」

「原來你早就知道這件事啊？」

「她說可能需要跟我討論，所以就跟著去店裡了。」

那一瞬間氣氛忽然沉默了，齊克感到尷尬似的開口：

「……為什麼你們要這樣瞪我？我只是執行護衛的工作而已。」

「欸～跟吉兒去約會太奸詐了，對吧～陛下？兩人一起去逛街買東西太奸詐了，對吧～」

卡米拉尋求哈迪斯的認同，於是哈迪斯也學他歪過頭回道：

「對啊～」

「兩個大男人不要在那邊對不對的！繼續剛剛的對話，不是要討論陛下收到的禮物嗎？」

「啊，我收到的是這個……」

哈迪斯匆匆拆下自己別在瀏海上的髮夾，小心翼翼地放在手掌上給他們看。

「吉兒為了讓我在做飯或家事的時候能把頭髮夾起來，所以送了髮夾。」

「很好呀～！難道陛下是因為自己的不是布製品感到不滿意？」

「我才沒有不滿意，很高興。而且這很方便，也知道她為了我設想，因為薪水還不多，只能送這個小東西的吉兒真的是太可愛太可愛了……我照著鏡子看了很多次！」

「這樣很好嘛！解散了解散了。」

「可是……這上面為什麼是花的裝飾？」

可愛的髮夾上搭配粉色與黃色的小花裝飾，卡米拉與齊克不知為何眼睛不看向他。哈迪斯確認性地問：

「這是女孩子用的吧？」

「……大、大概只有賣那種吧？嗯。」

「真、真是的，陛下。現在的時代沒有在分男女了唷，是流行尖端呢！」

「吉兒跟我說，這很可愛很適合我，是什麼意思？」

齊克與卡米拉的視線明顯地別開，這讓哈迪斯確定了。

「果然很奇怪吧？難道吉兒並沒有把我當男人看，是嗎……？」

「啊……你終於發現了嗎……」

「不要在意這種事啦，陛下，好嗎？」

「當然在意啊！我已經和吉兒結婚了耶！」

「啊啊，那你就是隊長的妻子了。」

「不是當成妹妹已經不錯了吧？」

「在不知不覺間，我連弟弟都不是了？為什麼會變成這樣……嗚嗚……我是在什麼地方做錯了呢……」

哈迪斯的肩膀失望地垂下，盯著髮夾看。

「我也沒有討厭可愛的東西，只要是吉兒送的都會很開心。她的誇獎也讓我很高興。也喜歡她摸我的頭說：『陛下真可愛呢。』的模樣。還會讓我躺膝枕、也會緊緊抱著我，最近對她撒嬌她也會說：『真拿你沒辦法。』然後親親我的臉頰……」

「喂喂喂！別太過分了，陛下。」

「你趁亂曬恩愛曬得太誇張嘍，陛下。」

然而對於沉浸在幸福回憶中的哈迪斯，部下的聲音完全傳不進耳朵裡。

「她那副有點害羞的模樣也好可愛。不過這麼做是失敗的嗎？因為採取正面攻勢，吉兒似乎都會逃跑，用撒嬌的方式讓她鬆懈警戒習慣之後，趁她沒察覺時關起來是最確實的方法。」

「喂喂喂，等等！真的別太過分啊，陛下。」

「不要增加我們不能向吉兒報告的事情呀，陛下。」

「咦？但是……讓對方不想逃跑後，就甚至沒察覺自己被關起來了，這個攻略法不是基本的嗎？讓她產生想要逃跑的想法才是輸了。」

「我真的要向龍騎士團通報了喔。」

「龍騎士的各位——就是這個人啊——」

「是哪裡不行呢？」

哈迪斯用手撐著臉頰，凝視著可愛的髮夾。他對禮物沒有任何不滿，只是充滿不安。

「……真希望她能把我當男人看啊……」

互相看著對方的卡米拉與齊克似乎升起一些同情心，便坐直了身體。

「讓她看看你的腕力有多強如何？陛下有在鍛鍊身體吧？」
「吉兒會跟我的鍛鍊成果做競爭，事情絕對會往不同的方向走。這點我有自信。」
「吉兒就是這樣嘛……畢竟陛下現在正在逃亡，為了能夠帥氣地護衛你呀……」
哈迪斯「唉」地嘆了口氣，上半身倒在桌上。
「只能奪回帝都了啊……」
「為了這種理由奪回帝都嗎？現在的事態發展不該是因為國難嗎？」
「但是陛下比起圍裙，穿正裝確實比較帥呀。」
「是可以試試看，不知道力道能不能拿捏好。」
「哎呀，吉兒可是意外地遲鈍，要讓她有所察覺，得做到覺得有點超過才可以呀——」
哈迪斯抬起身體，故意挑釁地揚起嘴角半閉眼看著，卡米拉便在說到一半時安靜下來。太超過被警戒會很傷腦筋。恰到好處是最好的，但他也有自覺要拿捏力道很難。
齊克沒發現哈迪斯與卡米拉無言的攻防戰，他認真思考後拍了一下膝蓋。
「啊～那就是那個，乾脆脫了。」
齊克真是語出驚人。哈迪斯不禁露出嚴肅的表情。
「什麼？怎麼會變成這樣？」
「就是所謂的肌肉美啊，只脫上半身還可以接受，如果只露一下。」
「你這個肌肉狂。這刺激對十歲女孩來說……等等，吉兒說不定會覺得高興……」
被兩人緊緊盯著的哈迪斯，臉不禁紅了起來。

「吉、吉兒年紀還小，這種事現在還太早……！我後來有反省自己第一次那個吻有點失敗。因為那時候還沒有餘力為吉兒多想……所以為了下次不要失敗，我要看準時間點！」

「一副純真的樣子卻虎視眈眈的進行這種計畫，別開玩笑了！」

「那方法連我也不能接受呀，陛下就是裝純情才落得這種下場。不能那樣，要快狠準地讓她意識到你是個男人，所以要健康地露一些給她看，對吧～？」

「沒錯。」齊克隨意地點頭同意。

「這麼一來，隊長可能就會對陛下有所警戒。用全身心，全力警戒。」

「哎呀，真是的，沒想到齊克居然這麼聰明。這方法可行耶。全力對陛下特別警戒。」

「咦？等等，如果那麼做，好不容易和吉兒拉近的距離，不就又要變遠了？」

「就是要拉遠啊，禁止靠近。」

「就算是夫妻，還是需要社會上與物理上的距離！順便連心理上的距離也拉開吧！」

「那樣不就變成陌生人了？啊，等等，你們認真嗎？」

從兩側逼近的兩人，眼神中「讓吉兒警戒閃躲你吧」的意圖若隱若現。即便想抽身離開，那兩人都是習武之人，而且哈迪斯現在沒有魔力。

（可是又好像可行，怎麼樣呢？）

這樣的好奇心贏了，在他的圍裙被脫掉、襯衫脫到一半的時候——

「我洗好澡——」

看見從走廊底端走過來的女孩的嬌小身影，所有人都僵在原地。

哈迪斯抬起頭時已經太遲了。吉兒的眼睛睜得圓圓的之後，失去光彩。

「你、你們在做什麼啊……？陛下怎麼看起來像個被丈夫留在家時遭受男人襲擊的人妻一樣啊！」

「妳的評語太奇怪了！不是那樣啦，吉兒，這當中有很多原因！」

「沒、沒錯。陛下有點事想商量，我們只是一起商量只有男人才能談的事而已！」

哈迪斯看著慌張找尋藉口的兩人與吉兒，突然改變主意。他輕輕垂下眼瞼，抓著吉兒。

「吉兒……好恐怖……！」

「陛下……！已經沒事了喔。」

「陛下是叛徒！」

「陛下不是人！」

「陛下，我們去房間吧……你們兩個，等一下再問話。」

即便沒有魔力，她的魄力毫無疑問還是健在。

吉兒只瞪了一眼便讓部下閉上嘴，接著牽起哈迪斯的手帶他前往房間。

「請陛下也不要惡作劇玩弄我的部下喔。」

進入房間時，吉兒提醒道。哈迪斯露出苦笑。

「什麼嘛，被妳發現了。還以為妳真的為我生氣了呢。」

「要是放著不管，你們胡搞的玩鬧只會更誇張吧？所以我才假裝生氣。」

她的語氣很冷淡。但哈迪斯還注意到，吉兒不往自己這裡看，他眨了眨眼。仔細觀察後才發現，從她的斜上方可以看見她的耳朵紅透了。

「我要去好好罵罵那兩個人，請陛下整理好衣服。」

哈迪斯看看自己凌亂不堪的衣著後，抱起吉兒。

「等等，陛下。」

「吉兒，我想要妳幫忙扣釦子。」

看似低姿態的向她撒嬌，卻帶著大人從容的笑容。

「你、你自己會扣吧？又不是小孩子……！」

「我不會。沒有關係吧？只是幫我扣個釦子。」

將她小巧的手拉向自己的頸邊，這樣到底是否做得太超過呢？無論何時都很難拿捏得準。

「幫我，吉兒。」

啊，這低語聲可能加了太多氣音。剛想完的瞬間，吉兒便以極為驚人的速度與力道從哈迪斯的懷中掙脫。剛剛的魔力是全力吧。

「陛下這個笨蛋！色狼！」

滿臉漲紅的吉兒從房間的另一頭消失。

雖然聽見部下「怎麼了？」或是「吉兒，他對妳做了什麼？」的喊叫聲，但哈迪斯正為了忍住不大笑出來而努力。

『不准做得太過分喔！』

一直在他體內靜靜看著的龍神，聲音聽起來相當傻眼。他在心中回答了「我知道啦」，便沒再收到反駁的意見。畢竟是養育他長大的龍神，還是清楚哈迪斯的性格。

（啊，但吉兒現在就像貓一樣氣得都炸毛了。這下糟糕。）

如果被她說「以後不要和陛下一起睡了」之類的話，他大概會哭出來吧。所以現在還是自己扣上鈕釦，把衣領整理好吧。

我不是危險的男人，是個既可憐又需要花心思、可愛又嬌弱的男人。請寵溺我、溫柔對待我並守護我。

直到妳長大將我的一切都揭露的那天到來為止，我會保持良好的禮儀繼續欺騙下去。

後記

大家好，或者該說好久不見。我是永瀨さらさ。

非常感謝你們願意閱讀拙作。這是帥氣的軍人小女孩以及不管到哪裡都穿著圍裙，為家事而忙的龍帝的續篇，因為有各位讀者的支持，得到出版成書籍的機會。

比起WEB版，內容做了許多增修，希望各位能夠樂在其中。

然後現在，漫畫版的《重啟人生的千金小姐正在攻略龍帝陛下》，在月刊Comp Ace開始進行連載！

而且同樣是由為《反派千金的最終魔王試養攻略》漫畫版作畫的柚アンコ老師執筆。希望各位看看活躍地四處冒險的吉兒一行人漫畫版的身影。漫畫的第一卷也即將在近日發售（註：本篇後記提到的時間皆為日本發售狀況），請各位留意官網的訊息！

繼前作之後，將作品完美漫畫化的柚老師，真是令我五體投地。非常感謝您，吉兒他們也請多多指教。

謹以此表達謝意。

藤未都也老師，感謝您在百忙之中為作品繪製美麗的插圖！哈迪斯與吉兒都帥到心跳不已。

編輯大人，平時受您非常多的照顧，往後也請多多指教。

其他諸如校對人員、編輯部的各位、設計師、業務人員、印刷廠的各位，誠心地向參與這本書出版的所有人士獻上感謝之意。

WEB連載中與在推特等留言的各位，一直以來都受到大家的鼓勵，非常感謝。

最後，是閱讀這本書的各位，謝謝你們看到這裡。因為有各位的支持，才能創作出吉兒一行人的故事。往後也請繼續支持。

那麼，期許以後能再相見。

永瀨さらさ

國家圖書館出版品預行編目資料

重啟人生的千金小姐正在攻略龍帝陛下/永瀬さらさ作；李冠妤譯. -- 初版. -- 臺北市：臺灣角川股份有限公司, 2024.05-
冊； 公分. -- (Kadokawa fantastic novels)
譯自：やり直し令嬢は竜帝陛下を攻略中
ISBN 978-626-378-935-7(第2冊：平裝)

861.57 113003131

Kadokawa Fantastic Novels

重啟人生的千金小姐正在攻略龍帝陛下 2

（原著名：やり直し令嬢は竜帝陛下を攻略中 2）

2024年5月15日　初版第1刷發行

作　　者：永瀬さらさ
插　　畫：藤未都也
譯　　者：李冠妤

發 行 人：台灣角川股份有限公司
總　　監：呂慧君
總 編 輯：蔡佩芬
主　　編：林秀儒
編　　輯：楊芫青
設計指導：陳晞叡
美術設計：周欣妮
印　　務：李明修（主任）、張加恩（主任）、張凱棋、潘尚琪

發 行 所：台灣角川股份有限公司
地　　址：104台北市中山區松江路223號3樓
電　　話：（02）2515-3000
傳　　真：（02）2515-0033
網　　址：www.kadokawa.com.tw
劃撥帳戶：台灣角川股份有限公司
劃撥帳號：19487412
法律顧問：有澤法律事務所
製　　版：巨茂科技印刷有限公司
ISBN：978-626-378-935-7